LES

DIAMANTS

ART, POÉSIE, LITTÉRATURE

PARIS. — IMPRIMERIE DE P.-A. BOURDIER ET Cⁱᵉ, RUE DES POITEVINS, 6.

LES DIAMANTS.

ART, POÉSIE, LITTÉRATURE

MYSTIFICATION DE POINSINET.

PARIS.

VEUVE JULES RENOUARD ÉDITEUR.

BIBLIOPHILE JACOB

LES

DIAMANTS

— DEUXIÈME SÉRIE —

ART, POÉSIE, LITTÉRATURE

PARIS

LIBRAIRIE VEUVE JULES RENOUARD

6 — RUE DE TOURNON — 6

1866
1865

LES DIAMANTS

SOUVENIRS D'ART ET DE LITTÉRATURE

LA DERNIÈRE MYSTIFICATION DU PETIT POINSINET

E fut en 1763 que l'illustre Poinsinet, dit le *Mystifié*, qui servit longtemps de bouffon et de jouet aux grands seigneurs qu'il fréquentait pour avoir les bénéfices de la table et des menues protections, quitta Paris et la France, que ses boutades d'orgueil et ses incroyables naïvetés avaient si souvent divertis.

« On me regrettera bientôt, » pensait-il avec fierté. Son projet fut mûri, en une nuit de délicieux châteaux en Espagne; car ce fut en Espagne, le pays de don Quichotte de la Manche, qu'il se promit de trouver des couronnes et des trésors; il se souvint de Triptolème, qui, dans la fable, donne l'agriculture aux hommes; il imagina d'offrir un plus grand bienfait aux Espagnols : l'opéra-comique!

En effet, il recruta une troupe de comédiens, renouvelée de celle de la Rancune dans Scarron : coquettes édentées et louches, ingénues au poil grisonnant, amoureux quasi-sexagénaires, vieux débris chancelants d'un mobilier théâtral vendu à l'encan, échos un peu sourds de vingt années d'applaudissements en province. Il organisa cette troupe chantante et détonnante, s'approvisionna d'opéras-comiques, sans oublier les siens tombés et retombés, acheta des costumes aux fripiers des halles, et embarqua sa fortune sur un chariot triomphal. Son départ fit pâmer de rire la ville et la cour, comme on disait alors.

Il s'était affublé d'un surnom castillan et d'un costume identique : *don Antonio Poinsinetto,* directeur de comédiens ambulants, et portait le feutre enrubanné de Figaro, la veste de velours à boutons d'argent, les bas rouges et la résille de soie; la guitare sur l'épaule complétait le déguisement de cet opérateur, qui n'était pas moins remarquable par sa taille exiguë que par sa face rubiconde, aux yeux à fleur de tête, au nez retroussé, à la bouche béante et aux oreilles plates. Les femmes lui avaient tant de fois répété en riant qu'il était beau, que rien ne lui paraissait plus incontestable; il était donc d'une fatuité qui éclatait sur son visage et dans ses moindres gestes.

La troupe d'opéra-comique charmait les ennuis du voyage en mystifiant sans cesse le seigneur Antonio Poinsinetto. Le jour de l'arrivée des comédiens à Cordoüe, qu'ils venaient exploiter, après avoir donné plusieurs représentations peu productives à Madrid et à Séville, Poinsinet, piqué de la mouche de la poésie, à l'aspect de cet admirable paysage d'une vieille cité mauresque, ombré de bois d'orangers et de vignes, au milieu d'une plaine fleurie et embaumée, avec le ciel bleu et brillant pour horizon, et le miroir limpide du Guadalquivir pour bordure, Poinsinet s'arrêta devant une maison de plaisance dont le fleuve lavait les murailles, et chanta une ariette de Grétry avec plus d'enthousiasme que n'en comporte le genre de l'opéra-comique.

Le régisseur-souffleur de sa troupe l'accompagnait seul dans cette excursion pittoresque, au bord du Guadalquivir, pendant que les comédiens préparaient le souper à l'hôtellerie; ce souffleur sournois se mordait les lèvres, en écoutant cette sérénade dont il ne découvrait pas l'objet à travers les persiennes fermées de la maison inhabitée; il semblait méditer quelque malicieux tour, ce gros homme enveloppé d'un manteau brun à l'espagnole comme s'il fût prêt à entrer en scène: son épaisse physionomie, son triple menton, son ventre en tonneau, sa barbe bien faite et sa perruque poudrée caractérisaient l'emploi de basse-contre et de financier, qu'il remplissait encore dans l'opéra-comique, avec la double attribution de souffleur et de régisseur.

— Don Antonio, lui dit-il en l'applaudissant à la fin du morceau, bravo! bravissimo! vous crierai-je dans la langue du seigneur Philidor. Si ma femme était là, elle vous baiserait d'admiration, madame Ballouard! — Merci, basse-contre, répondit dédaigneusement Poinsinet. Ne vois-tu pas qu'une senora, belle comme un ange et voilée de sa mantille, me bat des mains à cette fenêtre? — En vérité, don Antonio, voilà une femme bien malheureuse; elle vous aime déjà! — En vérité, je commence à le croire. Tu l'as donc vue, mons Ballouard? Elle a les yeux d'un noir charmant, la peau d'une blancheur éblouissante, des cheveux d'ébène et une main de fée, n'est-ce pas? — Seigneurs cavaliers, leur cria une espèce de concierge-jardinier qui cueillait des figues, vous plaît-il de visiter la maison, pour l'acheter ou la louer? Il n'y a pas de plus agréable lieu aux environs de Cordoue.

Poinsinet, qui se persuadait qu'une dame enfermée sous les verrous avait été séduite par sa bonne mine et par son chant, rougit de sa méprise et s'esquiva sans répondre, tandis que Ballouard, souriant d'un air narquois, encourageait l'orgueilleuse crédulité du donneur de sérénades.

— Éloignons-nous, Ballouard, de peur de compromettre cette infortunée victime de la jalousie d'un tyran; je la délivrerai, je la consolerai, c'est mon affaire, quitte à distribuer deux ou trois coups d'épée à ses geôliers. Tu ne sais pas, Ballouard, ce que c'est que l'amour en Espagne? Eh bien, Guimard, Laguerre, Asselin, Arnould, toutes nos divinités d'opéra, ne valent pas ensemble la moitié d'une Espagnole! Va, on ne connaît qu'ici le parfait bonheur! — Prenez garde, seigneur Poinsinet; dans ce maudit pays où l'opéra-comique ne gagne que des coups de soleil et des maravédis, il ne manque pas de coups de dague pour les amants heureux. Les Espagnols sont d'humeur peu accommodante sur ce chapitre, et, la dernière nuit que nous avons passée à Séville, on a trouvé deux cents cavaliers tués dans les rues. — Deux cents! c'est beaucoup. Ne crains rien pour moi, Ballouard, je ne suis téméraire qu'avec prudence!

Poinsinet rejoignit ses acteurs qui apprenaient leurs rôles en se promenant dans la campagne.

Ballouard retourna sur ses pas, sans être aperçu, et se convainquit que la maison était réellement inhabitée. Il revint en se frottant les mains, comme un homme qui compte sur le succès d'une entreprise et qui s'en réjouit d'avance; il s'entretint à voix basse avec sa femme, Cidalise, qui gagnait de jour en jour en méchanceté ce qu'elle perdait en jeunesse; ridée, plâtrée, fardée, pomponnée, savante dans l'art de l'œillade, mais déchue des victoires de son beau temps. Les époux ricanaient à la sourdine.

Une heure après, un petit bouvier apporta une lettre cachetée à l'adresse de don Antonio Poinsinetto, qui se rengorgea en la lisant et qui s'empressa de la lire tout haut à ses comédiens :

> Seigneur, comme le Cid, vous êtes noble et beau,
> Vous avez un esprit qui fait qu'on vous adore...
> Et moi, qui sans regrets descendais au tombeau,
> Je sens, en vous voyant, que je veux vivre encore !

— Pauvre femme! ajouta Poinsinet avec une explosion de sensibilité, en baisant la lettre et s'agitant théâtralement. Avez-vous entendu, messieurs, et, vous, mesdemoiselles? La malheureuse femme souffre dans une prison affreuse et sollicite mon secours! Ballouard, c'est la dame de cette mystérieuse maison, ou peut-être une autre!... Si je lui demandais son portrait!... Il faut ménager sa pudeur et assortir la réponse au ton mélancolique de l'épître :

> Je vous ai vue et je vous aime !
> Dame de mes pensers, mon sang, pour vous avoir !
> Vivez, ne mourez plus, ou, dans l'instant suprême,
> Par delà le tombeau, j'irais, c'est mon devoir,
> Vous disputer à l'Enfer même.

La troupe fit chorus d'éloges et d'applaudissements. Poinsinet, qui suait l'orgueil par tous les pores, déclama cinq ou six fois son madrigal avant de le remettre au messager, qui s'obstinait à garder le silence, par la raison qu'il ne comprenait pas le français.

Le petit bouvier revint une demi-heure après, apportant une seconde missive plus précise que la première, car elle était en prose. Don Antonio la lut encore à haute voix devant ses acteurs, qui ne cessaient pas de rire : l'inconnue l'invitait à venir, le soir même, à la maison isolée, où elle l'attendrait seule, en l'absence de son mari et de ses frères; elle le priait de s'annoncer par un from-from de guitare, pour sefaire reconnaître. La lettre était signée : *Senora Juanita d'Estevanillera, marquise de Zupila et dame de Sotomayor.*

Poinsinet, transporté de joie, jeta généreusement un écu dans le chapeau de l'ambassadeur muet, qui s'enfuit à toutes jambes.

Poinsinet se regarda complaisamment dans le miroir de poche de son ingénue et donna le bonsoir à la compagnie, qui lui souhaita une bonne nuit. Il s'achemina seul vers la maison, qui lui parut déserte comme le matin; mais à peine eut-il effleuré les cordes de sa guitare, que la porte s'ouvrit. Ce ne fut pas sans un battement de cœur qu'il pénétra dans l'obscurité; il sentit une main de femme l'attirer doucement à l'étage supérieur, jusque dans un cabinet tapissé de nattes, orné d'un prie-Dieu et d'un lit sans rideaux et sans draps. Le crépuscule du soir répandait assez de clarté à travers les persiennes pour qu'on distinguât les objets. Poinsinet se trouva sur un divan auprès d'une femme, grande et sèche, qui lui sembla bien faite et appétissante, comme les mains osseuses qu'il pressait lui avaient semblé les plus délicates mains du monde. Cette dame, vêtue de deuil et couverte de faux diamants, avait le haut du visage caché par un masque de velours noir.

— Divine senora Juanita d'Estevanillera, dit-il en minaudant après s'être débarrassé de sa guitare, je puis me vanter de n'avoir pas été maltraité par le sexe dans ma vie, mais jamais je n'ai fait une conquête plus noble et plus digne de moi. Je veux vous consacrer ma lyre, et célébrer nos amours en opéra-comique. — Gardez-vous-en bien, seigneur don Antonio de Poinsinetto, repartit l'inconnue d'une voix étudiée qu'entrecoupait un ricanement sourd; vos ouvrages, en me rendant illustre, pourraient faire notre perte à tous deux, si mes frères et mon mari apprenaient ma faiblesse par les cent bouches de la renommée; car chacun de vos vers fait le tour du monde. — Ce que vous me dites ne m'étonne pas; les Espagnols sont des juges de bon goût.

Tout à coup on frappa rudement à la porte de la maison, et avec un tel fracas qu'on eût cru à un projet déterminé de l'enfoncer. Poinsinet pâlit et chercha de l'œil une cachette, à défaut d'un moyen de fuite ou d'un prétexte de bonne contenance. La femme masquée avait tressailli d'abord, et elle affectait autant d'indécision que d'effroi. Cependant on frappait, en bas, de plus belle, et les jurements se mêlaient à ces coups obstinés.

— C'est mon mari, ce sont mes frères! murmura l'inconnue en feignant de s'évanouir; ils nous tueront tous deux! Allons, seigneur, du courage et de la patience; cachez-vous et ne bougez pas; à tout événement, recommandez votre âme au ciel.

A ces mots, elle poussa Poinsinet dans la chambre voisine, où elle l'enferma à double tour, et les gens qui heurtaient à la porte furent introduits dans le cabinet, que l'amant venait de quitter en maudissant son étoile, les Andalouses, et surtout les maris, frères et autres trouble-fête d'Espagne.

Le dolent Poinsinet se blottit sous une table, accroupi et rapetissé, retenant son haleine et frissonnant de tout le corps; il entendit résonner les éperons et grincer les fourreaux d'épées traînant sur le plancher; il entendit des éclats de rire, des menaces épouvantables, des noms de saints et de saintes, des propos de galanterie, et, par intermède, des rires inextinguibles. Il avait un chaos dans l'esprit, un tintement dans les oreilles; ses dents claquaient, ses mains se contractaient sur le manche de sa rapière; il ne se souvenait pas d'avoir couru un pareil danger, même le jour, de tragique mémoire, où le duc de Soubise lui lâcha dans les jambes un clapier de lapins domestiques.

Son supplice dura environ une heure, au bout de laquelle les voix et les pas se turent enfin. L'inconnue, toujours masquée, l'appela doucement par son nom et entr'ouvrit la porte de sa prison. Il sortit à quatre pattes de dessous la table, les cheveux en désordre, les yeux hagards, et le visage tellement décomposé, que cette femme le regarda en silence comme émue de pitié; mais Poinsinet rentra subitement dans son caractère fanfaron, et dégaîna pour la première fois.

— Madame, permettez-moi, au prix de mon sang, de me faire un passage, dit-il après s'être assuré qu'il n'avait plus d'ennemis à craindre; je ménagerai la vie de ces cavaliers qui vous intéressent... — Ah! don Antonio Poinsinetto, voulez-vous périr sous leurs coups? Ils sont allés recevoir des amis qui soupent ici ce soir, et si vous vous montrez, vous êtes un homme mort!...

Le masque n'eût que le temps de repousser la porte pour étouffer un prodigieux éclat de rire, qui confirma Poinsinet dans l'idée qu'on l'avait conduit à un guet-apens. Il recommença presque aussitôt à souffrir, à trembler, à gémir; car plus de vingt personnes se réunissaient dans le cabinet, où le bruit des assiettes et des verres annonça que le souper était en train.

Poinsinet suait la fièvre, pleurait et grelottait, quoique cette soirée fût une des plus chaudes de juillet. Il crut sa dernière heure sonnée, en distinguant, parmi les éclats de rire, le colloque suivant, qui s'établit entre un homme et une femme. Ces Espagnols parlaient un assez bon français.

— Senora! dit l'époux avec l'accent d'un régisseur qui commande ses comparses, perfide senora, ingrate Juanita, vous avez admis un galant dans ma maison, et ce quidam est ici, dans cette chambre. — Un galant! répondit la femme au masque, Jésus Maria! vous ne le croyez point, noble seigneur! — Allons, madame, nous ne jouons pas la comédie, et je veux me trouver face à face avec votre complice : voyez-vous ce poignard? je le planterai dans le cœur du Français. — Eh bien! oui, seigneur, je vous l'avouerai, reprit la femme d'un accent pathétique; ce n'est pas un galant, mais un grand poëte, connu dans les quatre parties du monde, don Antonio Poinsinetto, auteur d'*Ernelinde*, du *Cercle* et de *l'Ogre*; j'ai voulu le voir, l'entendre, l'admirer : voilà tout mon crime... Au lieu d'attenter à ses jours, couronnons-le de fleurs, ce modeste Anacréon!... — Oui, comme le veau qu'on immolait à Némésis! je ne connais que mon ressentiment : c'est son sang qu'il me faut!... Vous m'arrêtez en vain : je veux lui déchirer le cœur!

Ces menaces, accompagnées de clameurs, de rires, de battements de mains, achevèrent d'exalter l'épouvante de Poinsinet, qui, au moment où la porte retentissait ébranlée sur ses gonds, ouvrit les persiennes de la fenêtre et se précipita par-dessus le balcon, sans savoir où il tomberait : il tomba dans le Guadalquivir, jeta un cri de détresse, lutta contre le courant qui l'entraînait et disparut à la vue de ses comédiens, qui accoururent à son lamentable appel, encore échauffés par le vin et par cette cruelle mystification.

P. L. JACOB, bibliophile.

MAZEPPA

ÉONORE venait de nous lire le *Mazeppa*, de lord Byron : nous étions encore sous le charme du puissant magicien; entraînés par son imagination souveraine, nous avions traversé les steppes infinis, les noires forêts de sapins, les torrents tumultueux, et nous nous sentions étourdis par cette course vertigineuse; Léonore surtout semblait comme plier sous l'émotion; sa voix qui, au début de sa lecture, était calme et harmonieuse, était devenue peu à peu frémissante, et deux ou trois fois elle avait vibré avec un son presque rauque, comme une corde qui crie sous un archet fiévreux; son beau front si pur s'était couvert d'une légère moiteur qui rappelait cet insaisissable voile argenté que Véronèse a jeté sur toutes ses figures; l'étincelle de ses yeux noirs, ordinairement si vive, était comme noyée et alanguie dans une larme restée suspendue entre ses cils; elle était charmante ainsi, et nous rendions grâce tout bas à Byron, qui venait de répandre tant d'éloquente expression sur ce visage ravissant. Nous étions peut-être plus émus par cette poésie vivante que nous avions sous les yeux, que par le poëme anglais. Maurice surtout semblait beaucoup plus attentif à observer Léonore qu'à écouter sa lecture, et le sourire ironique qui court si souvent sur ses lèvres s'y dessinait, sans même chercher à se cacher. Après un instant de silence, Léonore reprit le livre, et, le feuilletant, nous répéta quelques passages. Quand elle relut la strophe où le poëte peint la mort du cheval sauvage, expirant « au milieu de la troupe de ses frères du désert, qui galopent autour de lui, s'éloignent, se rapprochent, bondissent, » et enfin s'enfuient et disparaissent, laissant Mazeppa seul, attaché à un cadavre, elle s'écria :

— Infortuné Mazeppa!... C'est vraiment trop de cruauté!...

— O poésie! voilà de tes coups! dit alors Maurice, d'un air profondément dédaigneux; je te reconnais bien là! tu es et tu resteras toujours la grande menteuse, la reine des suborneuses!

A cette apostrophe bizarre, nous tournâmes les yeux vers Maurice, qui continua :

— Oui, j'enrage de vous voir vous préoccuper aussi aveuglément d'un misérable qui n'a jamais mérité que le knout, et qui aurait dû finir ses jours au fond de la Sibérie, sur les bords de la mer Glaciale!

— Vous nous la jetez tout entière sur les épaules, mon cher Maurice, dit le jeune Albert. Ne voyez-vous pas combien votre exclamation intempestive a déconcerté Léonore? Vous la faites tomber du ciel sur la terre, et c'est la faire descendre de son vrai séjour; le souffle de vos froides paroles va dissiper cette lumineuse auréole dont l'émotion entourait son front!

— Oh! moi, je suis galant en étant sincère, et c'est justement parce que je crois qu'il n'y a rien au monde de si précieux que les larmes d'une jolie femme, que je ne souffrirai pas qu'elles coulent plus longtemps sur un être que la saine critique en déclare à jamais indigne...

— Je sais que vous êtes un impitoyable briseur d'idoles, dit Léonore en soupirant; chaque matin vous vous glissez dans un nouveau temple pour mettre en morceaux quelque pauvre dieu qui vivait bien tranquille dans sa niche et dans sa légende; vous prétendez ainsi nous rendre un immense service, je veux bien vous croire; mais poursuivre jusqu'à ce malheureux Mazeppa, c'est vraiment trop de zèle!

— Lord Byron aimait les chevaux, voilà tout simplement pourquoi Mazeppa est devenu une illustre victime, continua gravement Maurice sans sourciller. Comme Géricault, Byron avait du plaisir à peindre des tableaux où il pouvait placer à son aise son animal favori; en parcourant l'histoire de Charles XII, de Voltaire, il tomba sur une anecdote qui lui parut propre à lui fournir des *effets*, et il se mit à amplifier, à embellir, c'est-à-dire à mentir... Victor Hugo est venu, qui a enchéri sur Byron; à la suite des poëtes, les peintres s'en sont mêlés; en un mot, toute la bande des faussaires habituels a travaillé consciencieusement, et voilà un intéressant héros de plus dans l'histoire, ou plutôt dans le conte de l'humanité!... Ah! c'est pitié d'assister, en plein dix-neuvième siècle, à des créations aussi fantastiques! C'est à désespérer de la Critique, ce dernier de nos sauveurs... Non! il est décidé que jamais nous n'y verrons clair : quand on vient de rendre la vue à notre œil droit, notre premier mouvement est de nous crever immédiatement l'œil gauche!...

— Ainsi, dit Léonore avec un accent quelque peu railleur, nous sommes, au nom de sainte Critique, dûment convaincus d'avoir pleuré en dehors de toutes les règles!...

— Pleurez sur le cheval, *méchamment mis à mort,* si vous voulez pleurer absolument sur quelqu'un; mais ne pensez plus au cavalier, qui n'a jamais été que le plus vulgaire des Cosaques!...

— Il a su pourtant se faire aimer, dit à demi-voix Léonore...

— C'est une raison de plus pour ne pas le plaindre! Je vous pardonnerais presque vos larmes, si sa belle Polonaise l'avait repoussé; mais, puisqu'il fut écouté, dès lors pourquoi s'apitoyer sur la punition pittoresque infligée justement par un mari?... Vous ne voudrez pas me démentir, charmante Léonore, si j'affirme que, lorsqu'on a été aimé, il n'y a pas de supplices qui puissent nous faire souffrir autant de tortures que l'amour nous a donné de bonheur. Si ce Mazeppa a vraiment aimé (et je crois qu'il ne s'attire votre sympathie qu'à ce titre), il emportait avec lui, dans sa course à travers les plaines de l'Ukraine, des souvenirs qui le rendaient invulnérable. Laissez donc sans crainte les vautours et les loups l'escorter, il ne les voit pas; n'a-t-il pas, pour les lui cacher, le cortége des visions délicieuses du passé qui le bercent et l'endorment doucement? Je raye donc ce supplice de la liste de ses malheurs, et maintenant, pour savoir ce qu'était vraiment ce Cosaque aux muscles de fer, je le suis dans son existence, qui n'est qu'un tissu de violences sauvages et de honteuses perfidies. Byron et Hugo ont eu grand soin de négliger ces détails qui auraient gêné leurs strophes. C'est la ruse qui le fit hetman des Cosaques; à peine au pouvoir, il trancha la tête à l'ami qui l'avait aidé dans ses projets ambitieux; par sa souplesse féline, il s'insinua dans la confiance de Pierre le Grand, et le trahit odieusement au milieu d'une campagne. Voilà votre héros! Il a été pendu en effigie pour lâche désertion! Direz-vous encore : « Infortuné Mazeppa! »

Léonore semblait consternée, mais Albert prit la parole avec vivacité et dit :

— Il me semble pourtant avoir lu, dans d'excellents historiens, que Mazeppa n'avait abandonné Pierre le Grand que pour protéger l'indépendance de ses tribus, menacée par le tzar; et sa mort volontaire, lors de la défaite de Pultawa, m'a paru très-belle. Après avoir brûlé tous ses papiers pour ne compromettre personne, il s'empoisonna, en disant : « Que seul Mazeppa soit malheureux et maudit! » Ce sont là de nobles paroles.

— Je les nie, s'écria Maurice; ce sont là des inventions d'historiens polonais!...

— *Historiens*, avez-vous dit? s'écria à son tour Léonore toute joyeuse; ah! je vous y prends; les historiens inventent donc comme les poëtes! Grand Dieu! mon cher philosophe, où donc alors la Critique pourra-t-elle découvrir ce terrain solide et inébranlable qu'elle cherche avec tant d'avidité? Partout des fondrières, partout des feux follets! Allons, de notre discussion, il résulte heureusement ceci, c'est qu'il y aurait à écrire, en l'honneur de notre héros, un second poëme aussi beau que le premier, sous ce titre : *la Mort de Mazeppa*. Albert, je vous demande en grâce de l'écrire pour moi et de me le dédier!

— Hélas! murmura Maurice, les femmes et les poëtes sont deux races qui se protégeront toujours, car elles ont toutes deux la même folie impérissable : la passion des séduisants mensonges!

ÉMILE DÉLEROT.

LA CHANTEUSE DE BALLADES

N la nommait Molly. Elle savait les anciennes ballades : elle les chantait, de maison en maison, dans les villages, en offrant ses fleurs. Sa raison avait sombré dans un chagrin d'amour, mais elle avait conservé sa mémoire, et sa voix était pure et fraîche encore et bien timbrée; elle aimait particulièrement à faire entendre à ses simples auditeurs les ballades relatives à Robin Hood et à ses compagnons, à son lieutenant Petit-Jean, à la rencontre de Robin Hood et du roi Richard dans les bois, aux malheurs de la belle Rosamonde et de Jane Shore, ballades demeurées populaires en Angleterre et en Écosse.

Rappelons le caractère de ces compositions :

Richard Cœur de Lion n'est pas le seul monarque que les ménestrels se soient plu à mettre en conversation, dans les parties de chasse, avec des braconniers ou des gens de condition inférieure, qui, ne sachant pas à qui ils ont affaire, s'expriment librement sur les affaires d'État. Les rois, dont les défauts ne sont pas ménagés, ont toujours la bonne grâce de ne pas se fâcher. Parmi ces ballades, il faut citer celle d'Édouard IV et du tanneur de Tamworth. Le pauvre diable, qui a parlé au roi comme on parle à un voleur, s'écrie, en voyant arriver toute la cour, dont les hommages lui apprennent son irrévérence : *Je serai pendu demain matin!* Mais le roi, qu'il a amusé, rit de sa frayeur et le met en possession de Plumpton-Park.

Au nombre des ballades non historiques et de pure imagination, il en est une célèbre et qu'Addison a vantée lui-même : c'est la ballade des *Enfants dans le bois* (*The children in the wood*). Deux pauvres enfants, après avoir perdu leurs parents, sont restés sous la tutelle d'un oncle qui convoite leur héritage. Cet oncle fait, comme Richard III, marché avec deux brigands, pour qu'ils tuent ses neveux. Les brigands emmènent les pauvres petits au fond de la forêt. La peinture des jeunes orphelins qui jouent le long de la route offre un trait naturel et touchant qu'Addison aurait dû surtout signaler. L'âme de l'un des stipendiés s'émeut; mais l'autre, plus insensible, se met en devoir de gagner son horrible salaire. Les deux brigands se battent entre eux. Le méchant est tué et le bon s'enfuit. Les pauvres petits restent égarés dans le bois et meurent d'inanition, les bras entrelacés. Cette ballade a fait verser bien des larmes aux mères et aux enfants.

Nous avons lu jadis, dans un livre remarquable de M. Alfred Michiels sur l'Angleterre, une traduction en vers, très-exacte et très-heureuse, d'une autre ballade, fameuse encore, mais d'un genre différent, *le Chevalier désappointé ou la Politique des dames*... On y voit une jeune dame employer toutes sortes de ruses pour garantir son honneur des entreprises d'un chevalier discourtois, qu'elle n'aime pas. C'est une ballade d'un tour spirituel et gracieux.

La ballade de *Marie Ambrée*, espèce de Bradamante qui combat au siége de Gand ; celle de *l'Amour de la dame espagnole,* qui témoigne d'un sentiment si dévoué ; la ballade de *la Fille brune,* qui, croyant son amant banni, consent à le suivre partout, bien qu'il cherche, pour l'éprouver, à la détourner de ce dessein, mériteraient toutes les honneurs de la traduction ; mais nous préférons reproduire celle qui a pour titre : *Gentil pâtre, dis-moi,* comme un modèle parfait du genre dans lequel, de nos jours, Thomas Moore a excellé.

La scène de cette ballade est placée près de Walsingham, dans le Norfolk. Il y avait, en cet endroit, une image de la Vierge Marie, qui attirait de nombreux pèlerinages. Érasme en a parlé. Une jeune fille, déguisée en pèlerin, s'est mise en route pour aller implorer le pardon de la Vierge de Walsingham. Elle rencontre un pâtre, et le dialogue suivant s'établit entre eux :

« — Gentil pâtre, dis-moi, je t'en prie, par courtoisie, quel est le chemin qui mène le plus directement et le plus promptement à la ville de Walsingham.

« — Pour arriver à la ville de Walsingham, le chemin est âpre, les sentiers sont tortueux, et vous n'y arriverez pas sans guide.

« — Quand même la distance serait trois fois double, et que le chemin n'eût jamais été plus ardu, ce ne serait pas encore un juste châtiment de mes torts, tant ils sont grands et me causent de peine !

« — Jeune et beau comme vous l'êtes, d'un esprit timide et d'un cœur tendre, avez-vous donc eu le temps de commettre un grand péché ?

« — Tu dirais le contraire, ô pâtre ! si tu me connaissais mieux. Mon esprit et mon cœur, et tout ce qui est en moi, nous avons mérité la punition éternelle !

« Je ne suis pas ce que je semble être, mes habits et mon sexe diffèrent beaucoup. Je suis une femme, hélas ! née pour les chagrins et le malheur.

« Car mon aimé, mon bien-aimé, mes caprices et ma cruauté l'ont fait mourir ; et, quoique mes pleurs ne servent de rien, je le regrette, oh ! je le regrette amèrement !

« C'était la fleur des nobles êtres ; jamais on ne vit cœur plus sincère ; son air et son maintien étaient remplis de grâce, et il m'aimait avec ardeur.

« Lorsque je vis qu'il m'aimait tant, j'eus un tel orgueil de ses souffrances, que, ne me connaissant pas moi-même, je crus pouvoir afficher du mépris pour ce jeune homme.

« Je devins si vaine et si amoureuse de plaire, comme il arrive souvent aux femmes, qu'il ne pouvait ni m'approcher, ni m'embrasser, si je ne le lui permettais.

« Bientôt, fatigué de délais, voyant que je n'avais pas pitié de lui, il se retira dans un séjour écarté, et, là, mourut sans consolation.

« C'est par amour de lui que je porte ces vêtements et que je sacrifie mon jeune âge; chaque jour je vais mendiant mon pain, pour accomplir mon pèlerinage.

« Chaque jour, je jeûne et je prie, et je ferai ainsi chaque jour, jusqu'à ce que je meure; je me retirerai ainsi dans quelque endroit solitaire, agissant comme il a agi.

« Maintenant, gentil pâtre, ne m'en demande pas davantage et garde mon secret, je t'en prie. Montre-moi le chemin qui mène le plus directement et le plus promptement à Walsingham.

« — Allez donc, et que Dieu marche devant vous, car il doit vous guider désormais. Tournez, au bas de ce vallon, le sentier à main droite. Adieu! adieu! ô beau pèlerin! »

N'est-ce pas là une ingénieuse et attachante fiction? On rencontre souvent, dans ces vieilles ballades, cette tendresse de cœur chez les femmes. Les amants s'y déguisent assez fréquemment pour suivre leurs amantes, et les types que Byron a transportés dans *le Corsaire* et dans *Lara* nous paraissent un souvenir de ces chansons populaires.

Addison a loué particulièrement, dans *le Spectateur*, un des premiers et des meilleurs monuments de la critique anglaise, *la Chasse de Chevy*, que Philip Sidney ne pouvait entendre sans croire que le son d'une trompette avait résonné à son oreille.

Molly, la Chanteuse de ballades, chantait aussi, sur un air mélancolique, les vers de Burns, adressés à une pâquerette de montagne renversée par une charrue :

« Petite et modeste fleur bordée de rouge, tu m'as rencontré dans une heure fatale : car il faut que j'écrase sur le sol ta svelte tige; t'épargner n'est plus en mon pouvoir, joli diamant!

« Hélas! ce n'est pas ta voisine si douce, l'aimable alouette, compagne digne de toi, qui te courbe dans la rosée, lorsque, la gorge tachetée, elle s'élance dans la nue pour saluer l'orient couleur de pourpre.

« Le vent du nord, aux froides blessures, souffla sur ton humble et précoce naissance; cependant tu te glissas joyeusement à travers la tempête, tu élevas au-dessus de la terre, qui te donnait l'être, ta délicate forme.

« Les belles fleurs de nos jardins sont protégées par de grands arbres et par de hauts murs; mais, toi, sous une motte ou sous une pierre que le hasard t'a offerte pour toit, tu ornes, seule et inaperçue, le champ dépouillé que le labourage va cultiver.

« Là, enveloppée de ton court manteau, ton sein de neige étalé au soleil, tu lèves ta tête inoffensive d'une humble manière. Mais maintenant le soc a déchiré ton lit et tu gis à terre.

« Tel est le sort de la fille innocente, douce fleurette des ombrages champêtres, trompée par la simplicité de l'amour et par la conscience naïve, jusqu'à ce que, comme toi, toute souillée, elle soit gisante dans la poussière.

« Tel est le sort du simple barde sur l'océan agité de la vie, où le guide une funeste étoile : inhabile à observer la carte de prudence, les vagues font rage autour de lui, les vents redoublent la violence de leurs coups, il est englouti.

« Tel est le sort réservé à l'honnête homme malheureux, qui, après s'être débattu longtemps contre les besoins et les malheurs, est poussé par l'orgueil et par la méchanceté des hommes jusqu'au dernier degré de la misère. Dépossédé de tout autre appui que le ciel, ruiné, il succombe !

« Toi-même qui gémis sur le sort de la pâquerette, ce sort est le tien… D'ici à peu de temps, le terrible soc de la destruction aura passé sur la fleur de tes jours, tu tomberas sous le poids du guéret : c'est la fatalité ! »

Citons encore deux jolies romances, inspirées à Thomas Moore par la verte Erin (Irlande). La première est d'un genre gracieux :

« Riches et rares étaient les brillants qu'elle portait ; un anneau d'or surmontait la baguette qu'elle tenait à la main ; mais, oh ! sa beauté surpassait de beaucoup l'éclat de ses diamants et la blancheur de sa baguette, plus éblouissante que la neige.

« — Jeune dame ! ne crains-tu pas de voyager toute seule ainsi, avec tant de charmes, sur cette morne route ? Les fils d'Erin sont-ils donc si bons, les fils d'Erin sont-ils donc si insensibles, qu'ils ne puissent être tentés par ta beauté ou par ton or ?

« — Sire chevalier, je n'ai aucune crainte : aucun fils d'Erin ne me fera courir de dangers : car si les fils d'Erin aiment l'or et l'argent, sire chevalier, ils préfèrent l'honneur et la vertu.

« Elle alla, et son chaste sourire garda sa sérénité pendant qu'elle fit le tour de l'île verdoyante. Qu'elle soit bénie à jamais, celle qui comptait à ce point sur l'honneur d'Erin et sur la fierté d'Erin. »

La seconde ballade est d'un sentiment très-élevé :

« Oh ! plus chère que les trophées de tous ceux qui se sont élevés à la gloire sur les ruines de la liberté, est la tombe ou la prison illustrée par le nom d'un martyr de la patrie !

« N'oublions pas le champ de bataille où périrent les plus fidèles et les derniers des braves ! Tous sont tombés. La brillante espérance que nous avions chérie disparut avec eux et s'éteignit dans le tombeau !

« Il est un monde où les âmes sont libres, où les tyrans ne corrompent pas les dons de la nature. Si la mort n'est que l'entrée de ce monde brillant, oh ! qui voudrait vivre esclave en celui-ci ? »

Telles étaient les chansons préférées de Molly, surnommée la *Chanteuse de ballades*, et qui ressemblait à l'Ophélie de Shakspeare ; peut-être a-t-elle eu le même sort !...

Hippolyte Lucas.

LA FIANCÉE DU PÊCHEUR

CANTATE

Mise en musique par le célèbre compositeur Halévy.

La mer monte et s'avance en roulant sur la plage ;
La lune à l'horizon commence à se montrer ;
On sonne l'*Angelus* au clocher du village...
C'est l'heure où dans le port les pêcheurs vont rentrer.
Il est temps, déposons ce fuseau qui me pèse :
Mon travail solitaire a bien droit de finir...
Quittons le coin du feu, montons sur la falaise :
Je verrai de plus loin mon ami revenir !

C'est Pierre que j'aime et qui m'aime,
C'est Pierre que j'épouserai !
Le curé nous a dit lui-même :
« Mes enfants, je vous marîrai. »
Pierre, qu'on m'envie à la ronde,
De nos pêcheurs est le plus beau,
Mais Pierre ne possède au monde
Que ses filets et son bateau.

« Va, ne pleure pas, ma mignonne !
Dit-il ce matin en partant ;
La pêche aujourd'hui sera bonne :
Ce soir je reviendrai content.
Mon saint patron me favorise !
Et je ferai bien des jaloux,
Quand, au jour des noces, l'église
Sonnera ses cloches pour nous.

Quoi! sa barque à mes yeux ne paraît pas encore,
Sur cette vaste mer où mon regard s'étend.
Qui peut donc retarder son retour que j'implore?
    Ne sait-il donc pas qu'on l'attend?

        Oui, j'ai l'âme oppressée
        D'une sombre pensée!
        Pierre ne revient pas!...
        Comme le ciel se voile!...
        J'aperçois une voile
        Là-bas, là-bas, là-bas!

            L'espérance
            M'a lui...
            Je m'élance
            Vers lui!
            Mes alarmes
            Ont fui...
            Plus de larmes!
            C'est lui!...

Mais quel nuage noir s'amasse sur sa tête?...
Nul souffle ne frémit dans l'air brûlant et lourd...
N'entends-je pas gronder comme un tonnerre sourd
        Que l'écho des dunes répète?
        L'éclair brille, la vague accourt!...
            C'est la tempête!...

        Il est si loin du bord!
        En vain, contre la lame,
        Il redouble d'efforts
        O Pierre, rame, rame,
        Plus fort, plus fort,
            Rame
            Plus fort!

Il approche, et voici l'ouragan qui commence!...
Il approche, et combien le péril s'est accru!...
Que va-t-il devenir? le malheureux!... J'ai cru
Que son fragile esquif, sous cette vague immense,
        Pour toujours avait disparu.

        Si dans l'orage
        Tu me vois,
        Pierre, courage!
        Entends ma voix:
            Courage!

Il me crie : Adieu !...
Les éclairs sillonnent
L'horizon en feu,
Les vents tourbillonnent,
Les vagues bouillonnent...
C'en est fait, grand Dieu !

La prière seule me reste :
Pour conjurer un sort funeste,
Invoquons un appui céleste.

Mère des affligés,
Phare des naufragés,
Vierge consolatrice
Ah ! prends pitié de nous !
Que ta main protectrice
Me conserve un époux,
Vierge consolatrice !

Pour la Mère de Dieu,
Un miracle est si peu !
Notre-Dame de Grâce !
Parle aux flots en courroux,
Fais que l'orage passe !
Notre-Dame de Grâce !

Dans le ciel a-t-on entendu
Le cri douloureux de mon âme !
Mon fiancé me serait rendu !...
Je te bénis, ô Notre-Dame !...

O quel transport !...
L'orage cesse,
La mer s'abaisse,
Le vent s'endort.
Voici mon Pierre !
Il touche terre...
Il est au port !...

P. L. Jacob, bibliophile.

LE LAC DE LUCERNE

ous nous embarquâmes pour Fluëlen. Le lac était uni comme une glace. Il faisait une chaleur extrême. Le soleil, tombant d'aplomb, étincelait de toutes parts. Nous avancions lentement, ramant lourdement, et laissant à peine derrière nous un léger sillon. Près de nous, de mélancoliques sarcelles plongeaient, et des masses d'hirondelles rasaient la surface de l'eau, en mouillant le bout de leurs ailes luisantes.

Lorsque nous eûmes gagné le large, notre vue s'étendit tout d'un coup sur un horizon enchanteur. Nous voyions le lac dans sa plus grande largeur. De là, le mont Pilate, plus pittoresque et plus sombre, tranche singulièrement avec le paysage gracieux qui l'entoure. De là, les montagnes boisées, qui s'abaissent en terrasse aux portes de Lucerne, ont un air de fête, comme si un génie eût secoué sur leurs flancs des corbeilles de fleurs, et la ville, qui semble échouée sur la plage, prend une pose pleine d'élégance. Les rives sont parsemées de bourgs et de maisons de plaisance. Les collines cultivées, que n'écrase pas la masse des Alpes, se répandent libres et heureuses dans la plaine. La nature est riante, et l'espace à découvert est inondé de lumière.

Mais plus nous naviguions et plus les objets devant nous se rembrunissaient. Le Bürgenstok est là, qui assombrit l'âme. Les deux Nases, entre lesquels le lac se resserre, avancent et cherchent à se joindre pour fermer le passage, et l'œil, qui plonge au delà, découvre une contrée étrange qui fait rêver.

Nous dépassâmes l'Unter et l'Ober-Nases. Les côtes du Buochserhorn ont un caractère sévère. Ce mont laisse traîner dans l'eau la queue échevelée des longues processions de sapins qui grimpent sur ses reins. De tous côtés descendent, en serpentant, des ruisseaux, transparents comme l'algue marine, qui tantôt coulent mollement sur un lit de verdure, et tantôt tombent en nappes de cristal, où l'arc-en-ciel reflète ses couleurs.

A gauche, au revers méridional du Rigi, dans une gorge sillonnée par des coulées d'avalanches, se voit le délicieux bourg de Gersau. Lorsque nous passâmes devant, une maison en bois de mélèze, nouvellement construite, se montrait toute fraîche en tête des autres. On eût dit une jolie fille relevant sa robe pour laver ses pieds.

Mais les regards, quelque temps distraits par la variété des images, sont enfin fascinés par le tableau qui se colore richement à l'est. Entre un écartement de hautes montagnes, se dressent, tels que deux tours, le grand et le petit Mythen. Ces jumeaux, nus et décharnés, se projettent, pour ainsi dire, dans votre âme : ils ont un aimant qui attire les yeux et l'imagination. Lorsque vous les avez vus, c'est un souvenir.

A leur abri, Schwytz groupe ses maisons blanches et coquettes, et, près du rivage, Brunnen, apparaissant à fleur d'eau, ressemble de loin à une laveuse accroupie sur le lac.

Lac sauvage, solitude austère, que la Nature semble avoir formés pour les rêveries des âmes mélancoliques, vous avez de sublimes harmonies qui éveillent un écho dans les cœurs tristes et souffrants ! Ces montagnes qui, s'élevant perpendiculairement, resserrent dans un cadre de verdure la longue bande bleue du ciel, ces âpres promontoires qui arrachent des sanglots à la vague brisée, ces baies solitaires où l'habitation de l'homme ne peut prendre pied, ces sombres forêts suspendues sur les abîmes, inspirent un secret saisissement et je ne sais quel involontaire effroi, qui cependant ont un charme infini. Quelle jouissance ineffable n'éprouve-t-on pas à suivre, sur l'azur de l'air et sur l'azur du lac, le vol des nuages qui prennent mille formes fantastiques et drapent les hautes aiguilles de granit, à voir pendre autour des grandes roches les capricieux festons des graminées et des saxatiles qui se replient comme des reptiles, à voir voltiger de liseron en liseron la bergeronnette timide qui penche son nid sur le cristal de l'eau, à respirer les parfums qui arrivent par bouffées des plantes et des sapins embaumés, à prêter l'oreille aux brises soudaines qui frissonnent dans les glaïeuls, au roulement des torrents, au cri plaintif du martin-pêcheur, l'oiseau favori des fleuves !...

La petite auberge de Treib s'est placée en face de Brunnen, pour accueillir le batelier en retard, que le mauvais temps surprendrait. C'est à cette pointe que finit la partie du lac qu'on appelle le lac de Schwytz. Lorsqu'on a doublé le rocher de Wytenstein, qui se tient debout près de la montagne dont il s'est détaché, on pénètre dans une autre vallée, le lac d'Uri.

Un coup de rame, et la scène change.

Vous êtes quelquefois entré, par un ciel brûlant, dans une de ces vieilles églises décrépites, noires, dont les marches ont été usées par le passage des générations, et dont les arceaux ont pris la teinte lugubre des siècles, page originale, pleine de poésie et de mystère, où le moyen âge a mis son génie.

Vous avez été saisi de cette brusque transition de la clarté du jour au crépuscule, de la chaleur au froid. Vous avez senti tomber sur vos épaules le fluide glacial des voûtes. Vous avez eu sans doute alors, malgré vous, un de ces recueillements qui font plier les genoux à la vue de ces nombreux faisceaux de colonnes dont les chapiteaux sont des guirlandes d'arabesques, de ces lourds piliers avec des percées hautes et étroites, de ces chapelles sépulcrales habillées saintement de sculptures symboliques, de ce long vaisseau qui étonne par son immensité, de cette nef hardie au bas de laquelle l'espèce humaine est si chétive. Vous avez rêvé, en écoutant le bruit de vos pas sur les dalles et de votre voix sous les arcades, en foulant le sol pavé de tombes, en effaçant les caractères gothiques gravés dans la pierre, en vous enveloppant d'ombre et de ténèbres.

Eh bien, la religieuse terreur qui vous saisit en entrant dans cet édifice des anciens temps est celle qui s'empare de vous lorsque vous voyez s'ouvrir ce nouveau bassin du lac des Quatre-Cantons.

C'est un réservoir d'eau, étroit, triste, profond, encaissé entre d'énormes montagnes qui lui versent leurs torrents impétueux et leurs larges ombres, et cuirassé d'une muraille escarpée construite naturellement avec des morceaux de rocs superposés, qui ne se laissent toucher que par la vague et le lichen. Point d'anse pour reposer la barque, mais des roches nues pour la briser, amas de rochers hideux, déchirés en lambeaux, menaçant de leur chute; amas de sapins et de chênes, dont les bras sont mutilés par les tempêtes et le front fracassé par la foudre; amas de montagnes s'acculant, s'écrasant l'une l'autre; amas, à l'horizon, de fleurs, dont la blancheur éblouissante donne une teinte plus obscure aux autres parties du lac. Ce sont de ces grands effets que l'on ne peut peindre à l'esprit comme ils se peignent aux yeux.

Nous abordâmes au Grütli, vallon oublié au milieu de ce désert.

ALPHONSE BUCHÈRE.

LE VIEIL AVENTURIER

N vieil aventurier allemand, qui revenait peut-être du sac de Rome, en 1527, et qui en avait rapporté dans son coffre une bourse bien garnie, tomba malade dans une hôtellerie en traversant le marquisat de Brandebourg, et se crut en danger de mort.

Il fit appeler son hôtesse et lui dit en secret, quand ils furent seuls :

— Ma commère, j'ai amassé de mes épargnes ou autrement une grosse somme d'argent que je comptais employer à quelque honnête commerce, une fois que je serais rentré dans ma ville natale; mais j'ai grand'peur de n'y rentrer jamais, tant mon mal est subit et obstiné. Ne cessez toutefois de m'aider de vos soins et faites de votre mieux pour que je retourne en santé. Jusque-là, je vous baille à garder ce trésor qui est là dans mon coffre, et je vous le lègue à bonne intention, en cas que je n'en réchappe. Si je meurs, vous ne laisserez pas ma pauvre âme avoir faute de messes!

L'hôtesse reçut le dépôt qu'on lui confiait et promit de le remettre au soldat, dès qu'il serait rétabli. Mais elle pensait bien qu'il était atteint mortellement, et le médecin, qu'elle avait appelé, assura que le mal était sans remède.

Le moribond se vit donc abandonné sans secours, tandis que l'hôtesse et son mari comptaient l'argent et l'enfouissaient dans leur cave.

Ils allèrent voir cependant le lendemain s'ils pouvaient enterrer leur homme; mais ils le trouvèrent plus vivant que jamais, et bien déterminé à ne pas mourir pour cette fois.

Ils reculèrent de surprise et de dépit, en présence de ce ressuscité, qui ne demandait qu'à boire et à manger; ils s'excusèrent de l'avoir délaissé, en lui disant que le médecin l'avait cru mort et s'en était allé avec le confesseur qui fut mandé trop tard.

— Ma commère, reprit le soldat, ce n'était qu'une fausse alarme de madame la Mort : je me sens si dispos, que je veux célébrer ma guérison et vider plus d'un flacon à vos chères et précieuses santés. Donc, faites tuer le veau gras, plumez l'oie et tirez le vin.

L'hôte et sa femme se retirèrent sous prétexte de préparer le souper, après avoir inutilement tenté de persuader au soudard qu'il devait garder le lit et faire diète, selon l'ordonnance du médecin. Ils s'en vont tenir conseil dans leur cave, près de leur or, et se décident à empoisonner le pauvre diable qui s'est permis de ne pas mourir, malgré l'arrêt de la Faculté.

Mais celui-ci, que la faim et la soif tourmentent, n'attend pas qu'on l'avertisse que le couvert est mis : il se lève, il s'habille, il descend; il rencontre l'hôtesse qui avait l'air fort affairé et qui ne faisait pas attention à lui ; il l'arrête :

— Çà, ma commère, lui dit-il, où avez-vous serré notre argent? Je puis maintenant vous décharger de ce dépôt, et je n'appréhende plus qu'on me l'ôte durant mon sommeil. Cette belle épée le défendra mieux, s'il vous plaît, que ne peut le faire la meilleure serrure.

— Qu'est-ce à dire? reprend l'hôtesse, troublée de cette question qu'on lui adresse vis-à-vis de ses servantes : quel argent entendez-vous là? M'est avis que vous n'êtes pas si bien guéri que vous le dites, car vous avez le cerveau rempli d'étranges fantaisies.

— Oui-dà, madame ma mie, je vous parle de cette bourse garnie d'or que je vous ai remise hier, avant l'arrivée du médecin.

— Voilà un audacieux trompeur! s'écrie la femme, jouant l'indignation et la surprise : cette bourse garnie d'or ne fut onc qu'en votre imagination, mon ami.

— Merci de moi! seriez-vous assez malhonnête que de me dénier mon bien? Vite et tôt, rendez-moi ce qui m'appartient, vilaine; rendez, ou je vous accuse de larcin devant le podestat.

— Et, vous, méchant, si vous persistez dans cette abominable calomnie, je vous dénonce au juge et réclame justice de votre imposture.

— Corbleu! vous êtes une affronteuse et une larronnesse! Restituez mon bien, sinon, je vous ferai un mauvais parti...

— Holà! mon mari, à l'aide! cria l'hôtesse, en repoussant le soldat vers la porte. Voici qu'on me fait violence! Aïe! à la force! venez tous à moi!

Ses cris attirèrent l'hôte, qui, secondé par ses domestiques, maltraita cet homme et le chassa hors de l'hôtellerie, avant qu'il eût pu se mettre en défense.

Aussi, dès qu'il se vit dans la rue, le soldat s'arma de son épée, et fit voler en éclats les vitres de la fenêtre, en disant à la foule qui s'assemblait, qu'on l'avait volé, et en jurant qu'il tuerait ses hôtes infidèles.

L'hôtesse parut à une fenêtre haute de la maison, et supplia les assistants de s'opposer aux projets criminels de cet étranger, qui avait voulu lui extorquer une forte somme d'argent, et qui était déterminé à les assassiner, elle, son mari et tous leurs gens.

Le peuple s'émut d'indignation et arrêta le soldat, qu'on emmena enchaîné dans les prisons de la ville.

Son procès fut instruit par le podestat, qui, après audition des témoins, demeura convaincu que cet homme avait eu réellement le dessein de commettre un vol et un assassinat : les dénégations de l'accusé ne firent que rendre sa perte plus assurée, en le faisant paraître plus coupable et plus endurci.

La sentence allait être prononcée, et devait être suivie de l'exécution à mort, lorsque le pauvre patient entendit ouvrir son cachot. Il crut que c'était le geôlier ou le bourreau, et ne fut pas peu surpris de se trouver face à face avec un visage qui n'avait rien d'humain.

Il avait vu assez souvent le diable représenté sur les vitraux, les sculptures et les peintures des églises, pour le reconnaître dans le personnage noir qui se montrait à lui. Comme il était bon catholique, il recula, en invoquant son ange gardien et en se cuirassant de signes de croix.

— Trêve, mon ami! lui dit Satan, qui s'était jeté contre terre pour n'être pas renversé et culbuté par ces beaux signes de croix : je ne t'enlèverai pas sans ta permission, foi de damné. Devisons un peu, s'il te plaît, en bonne intelligence, et tu t'en trouveras mieux que de converser avec la corde d'un gibet. — Arrière! loin de moi, tentateur! répétait le prisonnier, qui s'étonnait de la persévérance du démon à braver le signe de la rédemption des hommes. — Cesse de jouer ainsi des mains, si tu veux que je t'apprenne l'objet de ma visite, et contente-toi, pour te mettre à l'abri de ma griffe, de poser les bras en croix sur ta poitrine.

Le soldat, vaincu par l'obstination de l'Esprit malin, fit trêve un moment à sa tactique chrétienne, et consentit à écouter, sinon à répondre.

Satan se releva, en se mordant les ongles et en s'émouchant avec sa queue, comme avec une queue de vache. — Je viens t'annoncer, mon confrère, lui dit-il goguenardement, que tu seras condamné à être pendu haut et court. — A la grâce de Dieu! reprit l'accusé : car je suis innocent. — Aussi, je te conseille bien de ne pas prendre tes degrés en potence : et, si tu veux te donner à moi, corps, sang, âme et tout, je te ferai vivre autant que Mathusalem. — Je mourrais mille fois plutôt que de me destiner à l'enfer, répondit le soldat avec fermeté. — Chacun son goût, mon mignon, et tu ne sais ce qui est bon en l'autre monde. Mais ce qu'il me faut à moi, c'est une âme, n'importe laquelle, et je te laisserai volontiers la tienne, pourvu que tu m'en donnes une autre. — Où la prendrai-je? Montrez-m'en une toute gangrenée de vices et chargée de crimes, pour qu'elle soit digne de vous. — Vraiment! je ne serai pas en peine de la prendre moi-même, si tu me sers de belle volonté! — Comment? — En choisissant pour avocat de ta cause celui que tu remarqueras à son bonnet bleu dans la salle des plaids. — Cet avocat fera-t-il que je ne sois pas condamné? — Oui, sur ma parole! — Fera-t-il qu'on me restituera l'argent que l'hôtesse me retient injustement? — Oui. — Serai-je enfin déclaré innocent et mis en liberté? — Oui, te dis-je, et s'il n'en est ainsi, que je ne sois jamais qu'un diable honteux et confus, sans royaume, sans sujets et sans puissance.

Le soldat résolut de suivre l'avis de ce diable, qui paraissait bonhomme au fond, et qui d'ailleurs se tenait toujours hors de la portée des signes de croix.

Le voilà donc qui entre à l'audience du podestat, et qui cherche des yeux l'avocat au bonnet bleu. Il ne l'aperçoit pas d'abord, et il craint que Satan ne se soit moqué de son infortune.

On l'interroge : il proteste de son innocence, et il demande qu'un avocat plaide sa cause contre ses hôtes, qui, non contents de l'avoir dépouillé, se flattent de le faire pendre.

L'hôtelier et sa femme étaient présents : ils se lèvent et offrent de maintenir, sous le sceau du serment, tout ce qu'ils ont avancé, la tentative de vol et de meurtre, dont ils ont failli être victimes.

— Je doute, dit le podestat, que quelqu'un se hasarde à défendre ce larron, meurtrier et calomniateur; mais, néanmoins, je lui baille licence de se pourvoir d'avocat.

Aussitôt l'accusé distingue un bonnet bleu parmi les bonnets noirs qui remplissent la salle; il le désigne, et l'on introduit à la barre un docteur en droit, que personne ne connaissait, et que les assistants examinent avec autant de terreur que de curiosité.

C'était une petite figure d'homme qui ressemblait à un chat et qui roulait des prunelles enflammées d'où jaillissaient de véritables étincelles : il cachait ses mains dans les manches de sa robe, et il n'ôta pas son bonnet, à cause d'un rhume, dit-il, qui l'affectait depuis six mille ans.

Ces derniers mots, prononcés avec un singulier ricanement, firent tressaillir le podestat sur son siége et trembler les gens qui étaient dans la salle. L'hôte et l'hôtesse seuls restèrent calmes et se prirent à rire de ce qu'ils regardaient comme une bouffonnerie de l'avocat inconnu.

Celui-ci commença son plaidoyer, sans s'être seulement consulté avec son client; il soutint que le soldat était faussement accusé, raconta en détail les circonstances dans lesquelles l'argent avait été remis en dépôt entre les mains de l'hôtesse, révéla le complot de cette femme avec son mari, dit que l'argent se trouverait, dans la cave de l'hôtellerie, sous une futaille vide, et décrivit les lieux de telle manière qu'il semblait les avoir devant les yeux en parlant.

L'auditoire s'émut, et le podestat lui-même commençait à changer d'opinion, quand l'hôte, pâle et frémissant, interrompit l'avocat au bonnet bleu :

— Qui que tu sois, tu mens par la gorge! dit-il d'une voix entrecoupée : cet homme est un malfaiteur, de même que tu es un faussaire! — Oh! le passé maître en fourberie! ajouta la femme, dont l'impudence surpassait celle de son mari. C'est, j'imagine, le compagnon de notre voleur, et il sait mentir plus finement que Satan son patron. — Je nie et je nierai tout ce que ce bonnet bleu a osé dire contre ma chère et honorée femme, reprit l'hôtelier. — Que le mensonge puisse lui tordre la langue! reprit l'hôtesse; quant à nous, pour répondre à ses impostures, nous sommes bien damnés, s'il a dit la vérité contre nous; donc, que le grand diable d'enfer nous emporte!

A peine avait-elle proféré cette imprécation, que l'homme au bonnet bleu éclata de rire d'une si étrange façon, que les spectateurs crurent que le tonnerre avait embrasé une caque de poudre : du bonnet bleu sortirent deux cornes de bélier démesurées, et, des manches de la robe de l'avocat, deux longs bras, couleur de suie, qui saisirent par les cheveux l'hôte et l'hôtesse, les élevèrent en l'air à travers le plafond de la salle et les lancèrent contre la muraille du clocher de l'église, où leur silhouette sanglante fut imprimée, comme si un peintre l'eût tracée au pinceau.

Le podestat remit en liberté le soldat, qui retrouva son argent dans la cave, ainsi que son avocat l'avait annoncé, et qui appendit un tableau votif dans une chapelle de l'endroit, en mémoire de la justice de Dieu, opérée par l'intervention du diable.

P. L. Jacob, bibliophile.

L'ARGOLIDE

N sortant par la seule porte de Nauplie, située du côté de la terre, on passe entre le rocher sur lequel est bâti la Palamide et un champ de manœuvres adjacent au rivage; puis, on laisse à droite un petit faubourg, et l'on se trouve à l'issue du chemin d'Épidaure, qui se dirige à travers les montagnes de l'est, tandis que la chaussée d'Argos suit la convexité de la plage. C'est cette dernière route que nous allons prendre pour visiter les antiquités de l'Argolide et embrasser d'un coup d'œil cette plaine déserte, qui offrait jadis l'aspect d'une vaste cité.

Quand on voit un peuple entasser, dans un espace qu'on traverse en deux heures, neuf villes, dont la moindre était en état de soutenir un siége; quand on songe que, dans une presqu'île à peine égale à deux départements de la France, florissaient autant de républiques que le reste du monde contenait d'empires sans gloire; que chacune de ces capitales avait plus de chefs-d'œuvre que n'en renferment les musées de Paris et de Londres réunis; et qu'enfin ce peuple, trop à l'étroit dans sa terre natale, allait porter ses lois, ses lumières et ses arts sur les côtes de l'Hellespont, dans toute l'Italie, en Sicile, en Afrique, dans les Gaules, et jusqu'aux colonnes d'Hercule : ne faut-il pas admettre qu'il y avait chez de tels hommes plus de ressort, de passion et de vie, que dans les races qui les ont précédés ou suivis? Que cette supériorité doive être attribuée à l'influence des faits ou à des germes innés, ou plutôt à l'action simultanée de ces deux causes, je vous laisse la solution de ce problème physiologique. Et maintenant retournons à l'Argolide.

La première ville qu'on trouve sur le chemin d'Argos n'est située qu'à deux milles de Nauplie. C'est celle des Tirynthiens, ce peuple rieur, qui n'a laissé d'autres titres à la célébrité qu'un rire inextinguible et le bon mot d'un enfant : « Avez-vous peur que je n'avale votre taureau ? » Toutefois, les murailles de Tirynthe, qui occupent encore un espace assez étendu, à une petite distance de la mer, peuvent fournir de précieux documents à l'histoire de l'architecture. Il ne faut y chercher ni la délicatesse des arêtes, ni la régularité des assises, qu'on admire dans les ouvrages du siècle de Périclès et même du siècle d'Épaminondas; mais elles donnent, comme tout ce qui reste des constructions cyclopéennes, une haute idée de cette puissance de stéréotomie et de dynamique, transmise par l'Égypte à la Grèce, et que celle-ci, en recherchant le fini du travail et la grâce des formes, n'a pas su conserver. Comme dans les tableaux faits à grands coups, qui ne veulent pas être vus de près, la grossièreté des détails disparaît sur l'ensemble de ces masses imposantes; et ce qui ajoute encore à l'effet presque magique produit par la dimension des matériaux, c'est cette teinte de vétusté qui ferait prendre à la lettre l'expression du poëte : *Cyclopum educta caminis mœnia.*

Après Tirynthe, la route s'éloigne progressivement du rivage. La vaste plaine assise entre la mer et le défilé de Fiko n'est plus, comme au temps où Pouqueville visitait ces parages, couverte de rizières et de marais malsains. Le sang des vainqueurs de Dramali n'a point arrosé une terre ingrate, et de riches moissons jaunissent le sol qui a englouti trente mille oppresseurs.

Sans mettre la plaine d'Argos au rang des sites les plus remarquables de la Grèce, on peut dire qu'elle offre encore assez de richesses et de beautés pour justifier à nos yeux cette épithète de Virgile : *Dulcis reminiscitur Argos*, que lord Byron trouve déplacée, et il me semble que, dans sa critique, le poëte anglais, qui juge ordinairement si bien les hommes et les choses de ce pays, ne tient pas compte des ornements dont cette terre, jadis couverte de forêts, a été dépouillée. D'ailleurs, il reste encore à l'Argolide la verdure de ses prairies, animées par des troupes de chevaux, descendants non méprisables des coursiers de l'Hippodrome; il lui reste l'effet pittoresque de ses montagnes, si harmonieuses dans leurs formes et leurs accidents bizarres, qu'un sculpteur voudrait les mouler; il lui reste enfin sa gloire d'autrefois et son soleil de tous les jours, et les merveilles de cette mer qui embrasse l'Hellénie dans ses replis gracieux et lui prête les secours d'une sœur fidèle, cette mer toujours de moitié dans les destins de la Grèce, soit qu'avec Thémistocle elle triomphe du tyran qui la frappait de verges, soit qu'elle reflète les incendies de Canaris, quand ils dévorent les vaisseaux des pachas.

Au milieu de ces grandes et immuables scènes, à peine aperçoit-on, à la surface du sol, quelques vestiges de travaux humains, décorations éphémères, changeant avec les drames et les acteurs. La ville de Diomède n'est plus qu'un grand village; les vingt-six temples qui l'ornaient n'ont pas laissé de traces; l'acropole de Larissa n'offre que des murailles démantelées s'écroulant sur leurs fondements cyclopéens; les rives de l'Inachus sont désertes, et pas un autel, pas un marbre n'a gardé le nom de cette Télésilla qui chanta comme Sapho et combattit mieux qu'Artémise. Un seul monument a échappé à la destruction; encore est-il plutôt l'ouvrage de la nature que celui des hommes : c'est un théâtre immense creusé dans le roc, au pied de la citadelle. J'y comptai soixante-douze gradins à peu près intacts; une trentaine environ étaient encore enfouis sous un exhaussement de terrain. Auprès, se trouvaient des pans de murs en brique, restes d'un édifice romain; et, un peu plus loin, quelques ruines du moyen âge. Ainsi tous les âges, en se retirant, déposent une couche sur cette terre consacrée, comme l'Océan laisse çà et là sur les montagnes la trace de ses grands cataclysmes.

Maintenant une ville s'élève, qui conserve tout ce qui reste de l'antique Argos, sa poussière et son nom. Déjà, des constructions régulières s'agglomèrent au centre du village. De larges rues, bordées de chaumières, traversent l'ancien quartier du *Delta* et conduisent à l'issue de la ville, appelée autrefois la *porte Lucine*. Dans la direction du nord-est, on franchit, à quelques pas d'Argos, le lit de l'Inachus, tour à tour ruisseau desséché ou torrent impétueux. Les Hellènes ont oublié presque toutes leurs annales et leurs fables nationales. Toutefois, il est des noms dont une gratitude traditionnelle a perpétué chez eux la mémoire. Ainsi, Pélops, Agamemnon, Alcibiade ou Lysandre leur sont également inconnus. Mais parlez-leur d'Hercule (Iraclis), ils relèvent la tête, en sifflant et en agitant la main droite auprès du visage, pour exprimer une haute admiration ; nommez-leur Léonidas, ils répètent ce grand nom avec un religieux recueillement. C'est que, en Grèce comme ailleurs, le souvenir du peuple est le creuset de la gloire ; c'est que les renommées de bon aloi se gravent dans les cœurs et ont cours encore sous le toit du pauvre, quand les inscriptions sont effacées et les arcs de triomphe anéantis.

Après avoir traversé diagonalement la plaine, sur un chemin large et uni, j'arrivai au pied d'une colline aride ; je laissai à mi-côte le hameau de Cavathi, et, parvenu au sommet, je me trouvai entre Mycènes et le tombeau d'Agamemnon.

Chassés par le vent de nord-est, d'épais nuages, qui semblaient sortir des flancs du mont Sophies, dérobaient à mes yeux la crête des montagnes ; dans le lointain, la Palamide élevait encore sa couronne guerrière au-dessus des vapeurs qu'exhalaient les marais de Nauplie ; et, tandis que la nuit et l'ouragan se formaient sur ma tête, le soleil inondait de lumière la plaine qui se déroulait à mes pieds, et le golfe, dont les flots, commençant à s'agiter, scintillaient au loin comme les facettes d'un grand miroir brisé. Cependant le bruit des vagues arrivait jusqu'à moi, semblable au murmure d'une ville qui s'éveille, et, au milieu des sourds mugissements de la brise qui se frayait un passage par les gorges, j'entendais les hirondelles, peut-être venues comme moi des rivages de France, qui saluaient la tempête de leurs cris et se réfugiaient dans ces murs séculaires, sombres comme le rocher qu'ils couronnent, démantelés, mais encore debout après tant d'orages !

Quand je fus sur cette voie, bordée de pierres immenses qui semblent avoir pris racine aux rochers qui les soutiennent ; quand je vis de près cette porte surmontée de deux lions sans tête, sculptés sur un frontispice triangulaire, armoiries d'un blason mystique que les hommes de ce temps ont exposées à l'entrée de leur ville, comme pour justifier aux yeux de la postérité la nature divine qu'on leur attribue ; quand j'examinai, dans ses proportions gigantesques, cet édifice de rochers aussi supérieurs à nos mesquines maçonneries que le mammouth l'était aux espèces post-diluviennes ; en présence des trente-trois siècles qui, entassés sur ces masses, énervèrent les descendants d'une race colossale sans pouvoir détruire ses ouvrages, j'avoue que j'éprouvai une indicible émotion, comme écrasé par tout ce grandiose qui s'offrait à mes yeux et à ma mémoire.

Et ce n'est pas seulement la vue de ces murailles qui impose, c'est aussi le souvenir d'une gloire qui s'y fait sentir, comme une influence divine dans un temple ; c'est la grande ombre de lumière qui plane sur ces ruines, vrais commentaires des poëmes cyclopéens où les guerriers brandissent un rocher comme une javeline, lancent des disques de fer plus pesants que des socs de charrue, et dans leur chute font retentir le sol du bruit de leurs armures. J'ai entendu la muette éloquence de ces grands débris, et j'ai compris que de telles créations ont dû inspirer une *Iliade*. Ce sont les monuments de l'Argolide qui ont fécondé le génie du chantre d'Achille, et, si les œuvres sont l'esprit des siècles héroïques, Mycènes et le tombeau d'Agamemnon en sont le cachet et l'expression matérielle.

En sortant des ruines de Mycènes, je visitai le tombeau. Quoiqu'il rappelle encore le goût égyptien par sa forme parabolique, sa porte taillée en trapèze, et l'étonnante hardiesse de sa construction, on remarque déjà dans ses détails un acheminement vers la *manière* qui fut depuis adoptée en Grèce. Comme l'intérieur est à peine éclairé par un rayon de lumière, auquel la chute d'une pierre a laissé une ouverture, mon guide s'empressa d'allumer un feu de broussailles sur un amas de cendres et de charbons, qui prouvaient que le repos de l'ombre royale était souvent troublé. Cependant,

> Les dieux font sur l'autel entendre le tonnerre,
> Les vents agitent l'air d'heureux frémissements,
> Et la mer leur répond par ses mugissements;
> La rive au loin gémit blanchissante d'écume;

et un vieillard, dont les vêtements dégouttent, vient se réchauffer avec nous. C'était un chevrier, descendu des montagnes pour se réfugier dans cet asile, qui l'avait souvent abrité. Cette hospitalité d'un tombeau, ce pâtre qui venait là se placer dans mon rêve auprès du roi des rois, le lieu, les personnages, leur langage, leur costume, cette flamme funéraire brillant dans l'obscurité de l'édifice, toute cette scène d'un autre siècle me reportait au temps dont les souvenirs m'entouraient; ma mémoire évoquait tout ce peuple qui dormait autour de moi; je maudissais Calchas, je plaignais Ériphile; et, quand je retournai à Argos, je hâtai ma course, au milieu de l'orage, pour annoncer à l'armée de Diomède qu'Iphigénie était sauvée et que la flotte allait enfin partir.

LUCIEN DAVESIÈS DE PONTÈS.

LA JOURNÉE CHAMPÊTRE

ARIE Blanchard, fille de riches fermiers normands, avait été élevée dans un pensionnat de Paris. Son éducation terminée, elle revint à la ferme. Elle fut bien heureuse d'abord de se sentir vivre au milieu de sa famille, en pleine campagne et en pleine liberté. Mais bientôt elle se trouva isolée et ennuyée : il lui manquait ses habitudes d'esprit, ses conversations et ses jeux du pensionnat; elle ne pouvait s'harmoniser dans les conditions d'une vie plus solitaire. « Hélas! disait-elle souvent, mon père et ma mère sont d'une rare bonté, et je les aime tendrement, mais ils auraient dû me faire élever comme ils l'ont été eux-mêmes. Destinée à être fermière, pourquoi m'a-t-on donné l'éducation d'une femme du monde? A quoi bon maintenant tout ce que j'ai appris? Il me faudrait l'amour de la vie champêtre, et je n'apprécie guère que dans les livres les bergeries et les pastorales. Que faire dans cette solitude? Pourquoi m'avoir initiée à l'élégance, à la distinction des mœurs, à l'échange de l'esprit, puisque je dois vivre avec des arbres muets, des habitudes rustiques et des travailleurs qui ne s'intéressent qu'à la pluie et au beau temps? »

Le père Blanchard s'était bien aperçu de cette tristesse enfantine, qui persistait malgré les caresses et la sollicitude paternelle. Madame Blanchard s'en inquiétait comme lui, et ils se demandaient parfois l'un à l'autre s'ils n'avaient pas eu tort de faire donner à Marie des talents qui la détournaient des travaux utiles, sans même lui procurer une salutaire distraction. La mère en prenait de l'humeur, mais le père redoublait de tendresse et inventait mille surprises pour amuser sa fille.

Marie se montrait reconnaissante, mais son caractère semblait toujours voilé sous un nuage de mélancolie.

— Il n'y a que le soleil qui puisse dissiper ce brouillard du matin, précurseur des jours splendides, pensait le brave paysan; mais la fillette craint encore les rayons du midi. Deux heures de fenaison dans un pré lui vaudraient mieux pourtant que deux aunes de dentelle. J'ai toujours remarqué que le caractère s'éclaircit à mesure que le teint se bronze.

Il méditait donc quelque expédient pour entraîner sa Marie en pleine campagne, au milieu des travaux attrayants de l'automne.

Le temps était superbe, et l'on venait de faire la dernière coupe du regain; à dîner, le maître avertit qu'on irait retourner les foins.

— Vous en serez tous, dit-il, car le sec ne tiendra pas. Le vent tourne au sud et menace de pluie pour demain. Nous avons besoin de renfort. Marthe, Louise et Suzanne, prenez vos râteaux. Le père Terreau laissera pour un jour ses légumes pousser sans lui; le petit François parquera ses moutons tout seuls dans la grande pièce en friche. Nous ne serons pas trop d'une douzaine, pour expédier gaillardement tout l'ouvrage avant la tombée du jour.

Puis, s'adressant narquoisement à sa fille :

— Et, toi, Mariette, ne viendras-tu point nous tenir compagnie? C'est dans le joli pré aux noisetiers. Il y a de l'ombre sous les grands arbres et du chèvrefeuille dans les haies. Tu t'assoiras sur l'herbe, et nous ferons tous ensemble la collation autour de toi. Madame Blanchard nous apportera une galette aux pommes et du cidre frais. N'est-ce pas, la maîtresse? Allons, Mariette, mets ton chapeau de paille et donne la main à ton ami François.

Le petit François courut chercher le chapeau à grands bords et l'écharpe de Marie. Les faneurs prirent leurs fourches, et les faneuses, leurs râteaux. Un des garçons attela les bœufs à la charrette qui devait amener le foin au grenier, et le cortége complet, maître Blanchard et sa fille au milieu, s'achemina vers le pré aux noisetiers.

On suivit de jolis chemins, un peu défoncés par le sillage habituel des charrettes, mais tapissés de gazon sur les côtés. En vingt minutes, on était arrivé.

Marie choisit une place proprette, au pied d'un grand orme, étendit son écharpe délicatement, et s'assit; elle avait apporté un livre : elle en parcourut quelques pages et le referma presque aussitôt.

Le père Blanchard était déjà à l'ouvrage, après avoir ôté sa veste de coutil et retroussé jusqu'aux épaules ses manches de chemise. Chacun s'agitait de bon cœur; le foin voltigeait au bout des fourches; on ne s'interrompait que pour se jeter gaiement au visage quelque *reine des prés*, égarée dans l'herbe et fauchée comme elle.

Suzanne et François commençaient une meule près de la haie, fournie de lianes et de vignes sauvages. François faisait mille agaceries à Suzanne, qui, arrachant du buisson les filaments d'une viorne, enserra le malin enfant dans les liens d'une interminable guirlande. François se débattait, comme les agneaux qu'on étouffe sous les nœuds de rubans, à la fête du petit Jésus. Marie vint à son secours, le délivra de ses chaînes fleuries, et s'en fit une ceinture, en les roulant autour de sa taille; puis, saisissant elle-même la fourche du jeune pâtre, elle se mit à fourrager dans le foin avec une ardeur qui excita la verve de son père :

— Très-bien! Mariette, lui criait-il de loin; tu enlèves la fourchée, comme un moineau qui dérobe prestement un brin de paille pour construire son nid. La meule sera bientôt à la hauteur de *Notre-Dame de Grâce*, si tu te mêles d'aider François.

La saine odeur de l'herbe fraîchement coupée, l'air vif de la saison, enivraient Marie. L'influence de la nature avait enfin pénétré son être. Elle se sentait active, légère, vivante, heureuse, régénérée. Tout à l'heure, elle avait admiré, comme un spectacle, les travailleurs, concourant avec gaieté à l'œuvre commune; le charme l'entraînait, à son tour, parmi les acteurs. Elle s'essayait à manier le râteau, après la fourche, trop pesante pour ses bras novices. Elle cherchait à imiter Suzanne, et narguait affectueusement son père, qui la regardait faire en souriant.

Madame Blanchard, apportant la collation, fut bien surprise de trouver Marie toute rouge, toute dépeignée, mais radieuse, au beau milieu du pré; elle se réjouit de cette animation inaccoutumée, déposa son panier contre la *cluintre* de noisetiers, et vint aussi, par plaisir, donner son coup de main à la fenaison.

La fête était complète. Le goûter servit d'intermède. Chacun prit une tranche de gâteau et but le cidre à la ronde et à discrétion, prenant tour à tour la *dame-jeanne*.

Marie, trop fatiguée pour recommencer une nouvelle expérience des travaux champêtres, restait assise près de sa mère, tandis que la bande vigoureuse rassemblait les meules et les chargeait sur la charrette.

Madame Blanchard, qui tricotait partout pour ne pas perdre le temps, tricota sous les noisetiers du pré, comme sur le canapé de la salle; Marie, devenue rêveuse, se mit à contempler le paysage. La soirée était délicieuse, l'air calme et caressant; aucun vent ne balayait la terre, dont les parfums demeuraient suspendus dans une atmosphère moite. Le soleil se couchait derrière de grosses nuées paresseuses, qui ne songeaient point à se déranger pour laisser passer ses derniers rayons; mais elles en recevaient les plus belles teintes rougeâtres, orangées, violettes; au-dessus du couchant, flottaient de légères bandes de nuages, bordées de filets d'or, qui s'abattaient mollement sur l'horizon. A l'opposé, le ciel était uniformément tapissé d'un reflet rose. La terre prenait aussi les vives et charmantes couleurs du ciel. L'herbe semblait d'un jaune d'ambre; les troncs d'arbres étaient frappés de coups de lumière, qui diapraient l'écorce de mille tons brillants. Chaque branche, chaque feuille acquérait, dans les masses de verdure, une valeur nouvelle sous le mystérieux regard du soleil.

Le groupe des faneurs faisait à merveille dans ce tableau du soir. Les chevelures abondantes des filles étincelaient comme des auréoles autour de leurs visages animés. Chaque forme, chaque mouvement se dessinait en clair, par le caprice d'un rayon. La tête de maître Blanchard resplendissait d'une certaine beauté virile et rustique. Les traits maigres et osseux du père Terreau avaient eux-mêmes un caractère singulier, en contraste avec la figure joufflue du petit François. Il y avait là les quatre saisons de la vie: l'enfance, la jeunesse, l'âge mûr et la caducité. Marie admirait avec enthousiasme ces effets de soleil sur la campagne et sur les personnages, et sentait comme une révélation confuse. C'était l'amour de la Nature, qui l'avait conquise à son insu et qui la métamorphosait, selon l'espérance du père Blanchard.

Mais la charrette était pleine; le foin débordait le long des roues et s'élevait en dôme, à six pieds de hauteur. On se disposait à partir. Le fermier, debout sur le brancard, se baissa subitement, saisit par la taille Marie, qui ne s'y attendait point, et la hissa au sommet. De son côté, la grande

Suzanne attrapait François par sa blouse et le lançait en l'air, comme un chat habile, près de sa jeune maîtresse. On jeta autour d'eux des ramées et des bottes de fleurs; le bouvier piqua ses bêtes; et c'est ainsi que Marie Blanchard, presque ensevelie dans le foin et les feuillages, escortée, comme en triomphe, par les belles faneuses, fit sa rentrée à la ferme, sur une charrette attelée de bœufs blancs.

Cette nuit-là, Marie, à peine entre ses draps, s'endormit, rêva de guirlandes et de nuages pourprés, et se réveilla, dès l'aurore, fraîche, impatiente de vivre, disposée au bonheur.

Les vapeurs du matin couvraient encore la pièce d'eau, quand la jeune fille vint visiter les cygnes et les canards au plumage miroitant.

Maître Blanchard, qui déjà labourait dans le champ voisin, aperçut, entre les branches des saules, la robe blanche de Marie. Il laissa son aiguillon à l'un de ses aides, et accourut vers l'étang. Marie s'élança gracieusement à sa rencontre, lui accrocha au chapeau une fleur de nénufar, comme un gros pompon, et l'embrassa.

Le père et la fille se sentaient en harmonie et parfaitement heureux. La fille vint, en sautillant, vers la maison; le père retourna à l'ouvrage, en chantant.

MADAME A. LACROIX.

LE VIEUX CONTEUR

PRÈS une longue et douloureuse attaque de goutte, ma première sortie fut une promenade dans la prairie : je marchais, appuyé sur ma béquille, et soutenu par mon vieux serviteur.

La famille était réunie sous la châtaigneraie : les pères, les mères, les nourrices et les enfants, tous assis par terre, en cercle, s'agitant, se poussant, se trémoussant, avec des rires et des cris joyeux : on jouait au *Furet du bois joli.*

Le jeu cessa, dès qu'on m'eut aperçu de loin; on m'appela, en me souhaitant la bienvenue; on me demanda des nouvelles de ma santé, puis aussitôt on me demanda un conte.

— Un conte! un conte de fées! un conte de revenants!

Un des plus jeunes enfants vint se jeter étourdiment dans mes jambes et tomba, en s'égratignant la figure, contre des pierres cachées sous l'herbe : il se mit à pleurer, avant de s'être relevé. La mère accourut, tout émue, craignant qu'il ne se fût blessé dans sa chute; elle le prit dans ses bras, lui essuya le visage barbouillé de sable, et, comme il pleurait toujours, pour le distraire, pour le cajoler, elle lui répéta d'une voix calme le vieux dicton des nourrices, en lui touchant le menton, le nez, la bouche, les yeux et le front : « *Menton d'argent, nez d'or, bouche de rubis, yeux de diamants, toc-toc, maillet !* »

— Un conte! m'écriai-je, un beau conte, mes enfants!

On applaudit, on fit silence autour de moi. L'enfant qui pleurait ne pleura plus et me regarda fixement avec de grands yeux étonnés encore pleins de larmes. Je le regardai fixement aussi et commençai ma narration, comme si je ne me fusse adressé qu'à mon petit pleureur :

« Vous vous rappelez tous avoir été bercés avec cet étrange refrain, qui, dans la bouche de votre mère ou de votre nourrice, avait le privilége de vous faire rire, même au milieu des souffrances et des pleurs : *Menton d'argent, nez d'or, bouche de rubis, yeux de diamants, toc-toc, maillet?*

« Mais vous ne savez ni le sens, ni l'origine de ce dicton proverbial? Or, écoutez comment l'explique un vieux livre, si vieux qu'il remonte au temps des fées.

« En ce temps-là, qui n'était pas hier, un bûcheron de la Forêt-Noire avait peine à gagner sa
vie par son travail ; et pourtant, il se maria ; pourtant, il désira un fils, quoiqu'une femme et un
enfant fussent double fardeau de soucis et de pauvreté. Il travaillait de si bon cœur, abattait tant
d'arbres et faisait tant de fagots, que ses compagnons le surnommèrent *Maillet* : on n'entendait
que le bruit de sa cognée, qui mettait en fuite les petits oiseaux. Sa ménagère combla tous ses
vœux, en lui donnant un fils qu'il destinait à l'état de bûcheron, pour s'en faire un aide dans sa
vieillesse.

« Le soir du baptême de ce fils désiré, pendant qu'il se chauffait devant l'âtre de son foyer, la bûche
pétilla et se fendit dans le feu ; il en sortit un mille-pieds, long comme un serpent, qui se promena en zigzag par la chambre, au grand étonnement de Maillet, qui n'osa l'écraser.

« Ce mille-pieds se dressa sur sa queue, et changea de forme sans changer de couleur : il devint
une femme qui avait la peau bistre et qui portait une robe de soie brun-rouge.

« Cette femme, aussi âgée qu'une momie d'Égypte, frappa de sa baguette la bûche enflammée,
qui se métamorphosa en un char traîné par des mille-pieds. Maillet fut étonné, sa femme eut peur,
et l'enfant s'agita dans son berceau.

« — Je suis la reine des mille-pieds, dit-elle ; depuis mille ans, j'habitais un chêne que la foudre
et les vents avaient respecté ; tu l'as renversé et mutilé sans pitié. Voici ma vengeance : Ton fils
Maillet aura un menton d'argent, un nez d'or, une bouche de rubis et des yeux de diamants.

« La reine des mille-pieds s'enfonça et disparut dans un trou du plancher, avant que Maillet et
sa femme l'eussent remerciée de ces dons merveilleux et de cette généreuse vengeance. Cependant
ils eussent préféré trouver des richesses dans leur bourse plutôt que sur le visage de leur enfant.

« Celui-ci grandit à vue d'œil, et, à vue d'œil aussi, son menton s'argenta, son nez se dora, sa
bouche rougit et brilla comme un rubis, ses yeux étincelèrent comme des diamants : on eût dit la
boutique d'un orfévre. Mais ces trésors si mal placés le rendirent fier et ambitieux ; il eut honte de
sa naissance et de ses parents ; il refusa d'apprendre le métier de bûcheron, et il passait des jours
entiers à se regarder dans le miroir des fontaines.

« Enfin l'ingrat s'enfuit de la Forêt-Noire et abandonna son père infirme et sa mère qui l'avait
trop gâté en lui répétant sans cesse : Menton d'argent, nez d'or, bouche de rubis, yeux de diamants.
Le jeune Maillet eut le bonheur de ne pas tomber dans les mains des voleurs, qui l'auraient déva-
lisé ; il arriva dans le royaume des Avares, sur les rives du Danube. Ce royaume n'était pas riche ;
on n'y connaissait que des mines de fer, de plomb et de cuivre. Les joailliers enchâssaient,
dans de l'étain, des écailles d'huître et des cailloux, pour la parure des dames ; et celles-ci s'en
contentaient, parce qu'elles ignoraient qu'il existât des pierres et des métaux plus précieux. »

Maillet fut entouré par toute la population, qui le prit pour un dieu, à contempler sa face rayonnante, et qui le suivit en chantant ses louanges. Le bruit en vint aux oreilles de la princesse Toc-
toc, qui voulut voir l'étranger, et qui, l'ayant vu, le retint dans son palais, pour le voir tous les
jours et à tous moments. Maillet, enorgueilli du succès de sa figure, se croyait déjà roi des Avares.
Toc-toc était en âge de prendre un mari, et Maillet avait des yeux qui disaient : Prenez-moi ! La

princesse surpassait en coquetterie et en avarice toutes les femmes de son royaume; et les yeux de Maillet firent sur elle une impression qu'elle ne dissimula point.

« — Que faites-vous de votre menton? lui dit-elle en souriant. — Il est à vous, répondit-il imprudemment.

« Toc-toc le remercia beaucoup, et manda son joaillier, qui détacha le menton d'argent avec beaucoup de délicatesse, et le façonna en boucle et en collier. Maillet s'attrista d'abord de la perte de son menton; mais il se consola, en remarquant que Toc-toc ne lui faisait pas moins bonne mine.

« — Mon cher Maillet, lui dit un jour celle-ci, votre nez me plairait mieux s'il était moins long.

« — Ordonnez qu'on le réduise du tiers ou de la moitié, princesse, répondit-il avec galanterie.

« On lui coupa le nez tout net, et ce nez d'or servit à faire une magnifique parure, à laquelle il ne manquait que des pierreries.

« — Vous avez une bouche charmante, mon ami! lui dit Toc-toc, qui était pensive depuis deux jours; mais la mienne me paraît affreuse à présent, et j'aimerais mieux n'en pas avoir; désormais, je porterai un voile sur ma bouche, pour la cacher. — Vous savez bien que je sacrifierais ma vie pour vous être agréable, ô grande princesse! reprit Maillet, qui espérait que sa bouche serait son présent de noces.

« Ses lèvres de rubis passèrent dans l'écrin de la princesse, qui ne parlait pas de mariage. Maillet, ayant jeté les yeux sur une glace, ne se reconnut pas et recula d'horreur; mais il accusa la glace d'infidélité, et se rassura, en pensant que Toc-toc lui témoignait tous les jours plus d'amitié, quoiqu'elle tombât dans une mélancolie qui s'aggravait d'heure en heure.

« — Maillet! dit-elle en soupirant. — Toc-toc! répliqua-t-il, en lui baisant la main. — Je me meurs, et c'est vous qui m'avez tuée. — Moi! Toc-toc! — Maillet, vos yeux ont des feux qui m'aveuglent, des éclairs qui me consument. Oui, je vous supplie de m'épargner et de quitter mes États, avant que vous ayez ma mort à vous reprocher, avant que les plus atroces tortures vous punissent de ce meurtre involontaire!... Votre absence ne me sera pas moins mortelle que vos regards; mais, du moins, on ne vous imputera pas ma fin malheureuse. — Adorable Toc-toc, ne savez-vous pas que je n'ai des yeux que pour vous au monde? Votre image est dans mon cœur, gravée en traits ineffaçables, et je vous vois aussi fidèlement par la pensée qu'avec les yeux.

« La reine des Avares arracha elle-même ces yeux qui la tentaient, et les beaux diamants furent montés en pendants d'oreilles. Maillet n'avait plus rien à donner à Toc-toc, qui, non contente de l'avoir dépouillé si cruellement, le bannit de son royaume, sous prétexte que sa laideur faisait pleurer les enfants et aboyer les chiens.

« Maillet, de retour dans la Forêt-Noire, conta ses aventures à son vieux père, et devint vieux lui-même, aveugle et défiguré. Quand il trouvait un enfant orgueilleux et imprudent, il disait en branlant sa tête blanche : « Menton d'argent, nez d'or, bouche de rubis, yeux de diamants; Toc-toc, Maillet. »

P. L. JACOB, bibliophile.

LES BORDS DU FLEUVE

E bateau longeait, à ce moment-là, une veine de rochers à pic, d'un caractère très-sauvage.

Le temps était superbe; la lumière, gaie, capricieuse, changeante : un de ces premiers ciels de printemps, dont le fond est d'un bleu tendre et fin, que donnent certains reflets de la perle. De gros nuages, très-clairs à leur périphérie, éblouissants à leurs bords, s'amoncelaient mollement tout autour de l'horizon, ou bien, montant plusieurs ensemble vers le soleil encore assez haut, ils s'amusaient à passer devant pour le cacher, et promenaient ainsi sur le paysage des ombres et des demi-teintes plus ou moins transparentes.

Sur la terre aussi, c'était ce premier vert, presque incolore aux pousses imperceptibles des arbres et des buissons, mais très-vif sur les prairies précoces qui bordent la Meuse. Parmi les arbrisseaux, le groseillier, l'épine noire, le sureau, le troëne, le lilas, et aussi les jeunes mélèzes et quelques jeunes marronniers avaient seuls des feuilles. Celles des peupliers étaient encore d'un jaune velouté. En certains endroits, le vert rude et grossier des sapins, piqués entre les rochers, contrastait avec les nuances délicates de la végétation printanière : car on n'était pas encore à la fin d'avril.

Puis venaient des murailles de granit, abruptes, déchiquetées, ici d'un brun humide, là d'un roux glacé d'or et de vert marin par une couche de lichens et de mousses; le plus souvent, d'un gris vigoureux, qui est la couleur propre de ces roches à nu.

— Mon Dieu! que le fleuve est splendide, là, devant nous! dit le Poëte. Son éclat au soleil me fait le même effet que le miroir fait aux alouettes qui s'envolent et planent alentour. Quel est donc cet attrait que l'eau exerce sur l'homme?

— Pourquoi l'eau attire l'homme et fait toujours plaisir à regarder? répondit le Peintre, c'est qu'elle réfléchit le ciel. Dans le miroir de l'eau, les hommes s'imaginent voir un infini fantastique; comme les alouettes croient voir le soleil dans le faisceau rayonnant qui se concentre sur le miroir de verre. Avec un peu d'imagination, on voit, en effet, dans l'eau tout ce qu'on veut; de même qu'on découvre dans les nuages les formes les plus chimériques. Je me souviens confusément d'une ballade allemande qui est bien poétique et bien touchante :

« Du côté de la Forêt-Noire, il y avait un chalet isolé, dans une contrée sauvage, où ne pénétraient guère que des chevriers et des bûcherons. Une vieille grand'mère y habitait avec ses petits enfants, et, le soir, à la veillée, elle leur racontait les anciennes légendes et ces belles fables romanesques que se transmettent les générations. L'aînée des enfants, la blonde Marguerite, avait déjà passé quinze ans. C'était elle qui allait garder le troupeau, le long des futaies sombres, dans les pacages déserts et mélancoliques. Ainsi, seule, durant les longues journées, au milieu d'une nature inculte, n'ayant pour aliment spirituel que les contes de la grand'mère, sa jeune imagination s'était créé tout un monde de fantômes extravagants. Son existence n'était qu'une rêverie illusoire, où des apparences fallacieuses avaient remplacé les réalités. Parfois elle conversait avec les insectes aux couleurs étincelantes, ou avec des sylphes qui lui semblaient se balancer entre les rameaux des chênes; parfois elle poursuivait dans l'air quelque vision qui se perdait au bord des nuages. Souvent elle s'asseyait au bord d'une fontaine, où se peignaient, sur l'eau frissonnante, des arbres et des buissons. Quand le soleil descendait derrière la forêt, elle ne manquait jamais de venir, à sa fontaine, contempler une certaine image qui apparaissait toujours vers cette heure-là, sans doute par un même effet de lumière à travers les feuillages. Et cette forme prestigieuse lui représentait un beau Génie qui l'appelait. Et elle, penchée sur le reflet magique, lui faisait des signes, comme à un être aimé... N'était-ce point l'Amour que Marguerite entrevoyait dans cette fontaine?... Un soir, le troupeau revint au chalet, sans Marguerite. Elle avait été chercher son Génie au fond de l'eau. »

— Une gracieuse idylle pour un peintre ou pour un poëte! dit le Docteur.

— Cela ressemble un peu à l'*Ophelia* de Shakspeare, dit le Poëte.

— Je crois bien aussi, continua le Peintre, en suivant son idée sur les charmes de l'eau, que l'attrait des torrents vient surtout de leur agitation. L'homme s'intéresse à tout ce qui remue. Car le mouvement, c'est la vie. Tout ce qui ne remue pas se corrompt aussitôt, se détruit, périt. La mort, c'est l'immobilité. N'est-ce pas, Docteur? Immobilité passagère et même apparente seulement : car ce qui semble mort n'est qu'une phase de transmutation, et rentre sans délai dans le grand courant de la vie universelle.

Cette causerie n'empêchait pas de regarder avec admiration le paysage, quand, à un détour du fleuve, le bateau s'arrêta dans une petite baie ombragée de saules. A gauche, des prairies d'une certaine étendue; sur la rive droite, on marche aussi en plein pré.

La végétation était fraîche et égayée par une douce lumière. Le fleuve était animé par des bateaux; le chemin de halage, par des mariniers et des paysans.

Docteur W. Burger.

LA FILLE DU BIBLIOTHÉCAIRE

Parmi les fonctionnaires de la Bibliothèque Sainte-Geneviève, en 185..., était un vieillard, nommé M. Guiraudet, auquel les autres employés témoignaient un respect et un attachement tout particuliers. Les habitués de la Bibliothèque eux-mêmes n'abordaient le vieillard qu'avec les marques d'une respectueuse déférence. Le vieil employé aimait son jeune public; profondément instruit sous son apparence modeste, il était ravi de pouvoir aider dans leur travail les jeunes gens studieux, il échangeait avec chacun d'eux un sourire familier et bienveillant; il était aimé, enfin, comme il aimait.

Un jour, vers le commencement de l'année scolaire, il vit entrer, dans la salle, un jeune homme qu'il ne connaissait pas et dont l'extérieur le frappa tout d'abord.

Ce jeune homme, à le bien observer, n'avait pas plus de vingt-cinq ans, mais il paraissait bien plus âgé; des rides précoces couraient de ses tempes livides à ses yeux cernés et troubles; ses cheveux négligés, sa barbe inculte, prêtaient à sa physionomie quelque chose de hagard; un sourire douloureux semblait s'être arrêté au coin de ses lèvres amincies et en avait tordu les lignes. L'ensemble donnait l'idée d'un oiseau farouche et blessé.

Le jeune homme, arrivé au bureau de travail de M. Guiraudet, demanda d'une voix brève un des ouvrages de Crébillon fils. M. Guiraudet leva la tête, regarda un instant son interlocuteur, et répondit simplement :

— Monsieur, nous ne communiquons pas ce genre de livres. J'ajouterai que l'on aurait grand tort de le faire... — Grand tort!... Est-ce que vous pouvez juger de ces choses-là?

Et le jeune homme promena sur le vieux bibliothécaire un regard dédaigneux.

M. Guiraudet sentit le regard et la muette insolence; mais il ne sourcilla pas, il sourit même légèrement; puis, montrant du geste un siége vide auprès de lui, il dit à son adversaire : — Asseyez-vous là, mon enfant.

Le jeune homme, étonné, obéit. — Eh bien! mon cher enfant! continua le vieillard.....

Et il y avait, dans son accent, dans le son de sa voix, quelque chose d'auguste comme la parole d'un prêtre....

— Eh bien! mon cher enfant, comment vous appelez-vous? — Paul Gérard. — Né à...? — A Couësme, Indre-et-Loire. — Et qu'est-ce que vous faites à Paris? — Ma foi, rien! je fais mon droit. — Ah! ah! Et Crébillon fils est sur le programme des cours, cette année? dit M. Guiraudet avec une douce malice.

Le jeune homme rougit et dit d'une voix sourde : — Est-ce que vous êtes ici pour me...? — Mon cher enfant, interrompit le bonhomme, me connaissez-vous? — Non. — Eh bien! continua le vieillard en croisant ses mains sur la poitrine, interrogez vos condisciples, et tous vous diront que je suis leur ami, à tous. Je veux être le vôtre, car je vois que vous souffrez et que vous n'êtes pas méchant, quoique vous soyez aigri et amer. Si vous voulez, nous causerons plus longuement après la séance, et je crois que je vous serai utile. Le voulez-vous? — Oui, monsieur, répondit Paul Gérard d'une voix étouffée... et pardon! — Maintenant, comme je suis têtu, je ne vous donnerai point l'ouvrage que vous désirez; mais voici un livre très-rare que je vous recommande, un très-bel in-4° à grandes marges : *Elementa juris civilis, libri IV, una cum Accursii commentariis aliorumque. Parisiis, ex officina Claudii Chevallonii, sub Sole aureo, in via Jacobea*, 1529. Édition rare, jeune homme! avec rubriques! avec de curieuses figures sur bois, aux initiales de chaque livre! De plus, de savantes notes manuscrites à la marge. Un vrai trésor, jeune homme!

Paul Gérard, dont le visage s'était éclairé un peu pendant le discours de Guiraudet, emporta le volume et se plaça à une table, non loin du bibliothécaire, dont le regard fin et doux l'examinait de temps à autre à la dérobée.

A la fin de la séance, M. Guiraudet prit le bras de Paul Gérard, et ils sortirent ensemble.

L'air était doux, le vent gai, le soleil brillant, quelque chose de joyeux allait se répandant des hauts murs du Panthéon aux arbres du Luxembourg voisin; le jeune homme et le vieillard se dirigèrent vers le jardin tout réjoui des cris des enfants et du gazouillement des oiseaux.

— Maintenant, dit M. Guiraudet, racontez-moi votre histoire.

Paul, entraîné et vaincu par cette confiance pleine d'intérêt, commença ainsi : — Je suis le troisième fils d'un modeste cultivateur : on aurait dû faire de moi tout simplement un fermier; mais j'étais d'apparence délicate dès mon enfance; on crut voir en moi quelques germes d'une intelligence supérieure, et on me fit suivre des études assez complètes; on décida que je serais médecin, professeur ou avocat. Cette ambition de mes parents a causé tous mes chagrins. Je partis pour Paris, croyant que là je trouverais les moyens de réaliser promptement mes espérances de fortune et de gloire; ma candeur ne dura pas longtemps, je m'aperçus vite qu'à Paris, plus qu'ailleurs, toutes les routes du succès sont encombrées, tous les passages gardés, toutes les portes fermées. Découragé, je tombai vite dans le désœuvrement, dans une vie à la fois agitée et morne; je formais vingt projets sans en accomplir aucun, je commençais tout et ne m'arrêtais à rien; je devins sombre, triste, taciturne, méchant!...

— Voyez-vous, mon cher monsieur Paul, reprit M. Guiraudet, vous êtes tout simplement un

jeune homme qui se noie! Moi, je passe près de vous et je vous tends la main. C'est un devoir. Je
ne vous ferai pas de longs sermons, parce que c'est fatigant et inutile; je vous dirai seulement ceci :
Il n'y a qu'un remède contre tous les chagrins, après la religion : c'est le travail; un travail simple,
honnête, calme, régulier. Je vous conseille de continuer vos études, sans trop penser au résultat. Le
bon Dieu fera le reste. Tenez, venez me voir, je demeure tout près d'ici, rue Sainte-Hyacinthe, 7.
Je vous aiderai à travailler. Nous causerons. Je m'appelle Athanase Guiraudet.

— Avec joie, monsieur, car vous m'avez gagné le cœur.

— Tant mieux! tant mieux! Et, au fait, pourquoi ne viendriez-vous pas visiter tout de suite mes
pénates d'argile?... Je dis d'argile, car vous comprenez qu'un employé à 1200 francs ne peut avoir
des pénates d'or ni d'argent. Mais nous voici devant ma maison. Entrons.

M. Guiraudet conduisit Paul Gérard dans une maison de vieille et honnête apparence. Paul fut
introduit, par le vieillard, dans un modeste logement, situé au rez-de-chaussée, ouvrant sur un
petit jardin qui semblait tout heureux d'être épargné par l'inondation de pierres qui envahit le
Paris moderne. La principale pièce du logement était une ancienne chambre boisée, haute et large.

Lorsque Paul et M. Guiraudet entrèrent, une jeune fille était assise devant la table et penchée
sur un énorme volume ouvert. Elle se leva en apercevant son père et l'étranger.

— Ma fille! dit M. Guiraudet. Julienne, je te présente M. Paul Gérard, un de mes amis de
cette année.

Julienne s'inclina, sans mot dire, et, après que son père l'eut embrassée au front, se remit au
travail.

— Venez voir mon petit jardin, mon enfant, dit M. Guiraudet à Paul.

Paul suivit le vieillard; tous deux sortirent par la porte que la chaleur du jour permettait de
laisser ouverte, et s'assirent sur un petit banc dans le jardin. Paul pouvait voir de là mademoiselle
Guiraudet, et, pendant sa conversation avec le père, il lui fut facile d'examiner la fille. Julienne était
de taille moyenne, son visage était pâle ou plutôt pâli; Julienne portait une robe brune, dont les
plis droits témoignaient un complet dédain pour l'ampleur qu'exige la mode. La seule coquetterie
de la jeune fille semblait être dans les soins donnés à sa chevelure, chevelure de reine, en effet,
touffue, luxuriante, de ce noir-bleu où la lumière semble se jouer avec joie.

— Vous regardez ma fille? dit M. Guiraudet à Paul. La pauvre enfant n'est pas belle, à ce qu'on
dit, mais c'est un ange, monsieur! Un ange de piété filiale! Savez-vous ce qu'elle fait pour moi en
ce moment? Elle apprend l'hébreu!

Paul ne put s'empêcher de sourire; mais le vieillard, qui n'était pas prolixe d'ordinaire, reprit
avec feu : —Oui, monsieur, ma Julienne est un ange! Je ne suis qu'un modeste employé à 1200 francs
de traitement, après trente ans de service, et cependant, grâce à elle, il n'y a pas de roi, ni même de
banquier plus heureux que Joseph-Jacques-Jérôme-Athanase Guiraudet!... J'ai perdu ma pauvre et
sainte femme, continua M. Guiraudet, l'année même de la naissance de Julienne, il y a bientôt
vingt-deux ans. Ah! dame, monsieur! j'eus beaucoup de peine d'abord à élever la petite, au milieu
de ma douleur, avec mes humbles revenus. Il fallut utiliser le peu que je savais; je me mis à

donner des leçons, des répétitions, à traduire des livres latins, grecs, anglais, allemands, arabes; que vous dirai-je? Je ne suis pas un savant comme mes collègues et supérieurs, les conservateurs de la bibliothèque, qui sont décorés comme des préfets : c'est à peine si je connais un peu sérieusement l'histoire, la géographie, le droit, la médecine; je suis faible sur les sciences mathématiques, je sais assez bien l'histoire naturelle. Voilà tout.

— Rien que cela! se dit Paul.

— Je me mis donc au travail avec courage; ce n'était pas toujours gai, j'en conviens : il fallait se lever de bien bonne heure, et j'aimai, de tout temps, le sommeil; il fallait courir à une pension, revenir à la maison où m'attendaient d'autres élèves; écrire, le soir, au lieu de rêver au coin du feu, en tisonnant : car, de tout temps, j'ai été très-paresseux. Bref, le *far niente* devint pour moi un souvenir. Mais il y avait des compensations : ma petite Julienne grandissait à vue d'œil, elle était jolie à croquer, parce qu'elle était bien soignée et bien câlinée; rien ne lui manquait... que sa mère; je tâchais cependant de la remplacer : quand j'avais un moment de liberté, je m'en allais au Luxembourg et j'examinais les autres enfants avec leurs mères; j'étudiais avec attention les petites façons gentilles que les mères ont pour les enfants, je retenais les noms qu'elles leur donnaient : « Mon cher trésor, mignon chéri, mon amour, » etc., etc... Je faisais des questions aux nourrices sur les soins à prendre; on me riait au nez quelquefois; mais, c'est égal! je faisais des progrès, et le soir, quand j'étais seul avec ma petite Julienne, je la dorlotais, je la berçais, je lui parlais, je lui riais; elle me comprenait, elle me regardait avec ses beaux yeux éveillés, elle gazouillait, elle fredonnait, elle montait de mes genoux à mes lèvres, elle me tirait la barbe et les cheveux, et elle éclatait de rire... et moi j'étais heureux!

Le vieillard était ému profondément; Paul lui-même semblait partager cette émotion. Après quelques moments de silence, M. Guiraudet continua : — Ce bonheur-là dura quinze ans. Julienne devint une fillette adorable; elle était seulement un peu paresseuse... comme moi : c'était donc ma faute! Elle promenait ses jolis doigts sur le piano, faisait quelques points de broderie, s'amusait à se fabriquer quelques nœuds de ruban; mais c'était tout. J'avais remarqué seulement qu'elle écoutait avec une profonde attention, quand, le soir, je faisais une lecture de quelque livre de piété à une vieille voisine de nos amies qui venait nous visiter avec sa nièce. Cependant, je travaillais toujours...; je veux dire que je devenais de plus en plus paresseux : car les courses, les leçons, les traductions me fatiguaient plus que jamais; je fus puni cruellement, monsieur! Une nuit, j'avais passé plusieurs heures sur une grammaire latine-danoise, lorsqu'un flot de sang me monta subitement aux yeux, au front; je crus que mes tempes allaient éclater... j'étais aveugle!... Pas tout à fait, cependant; mais les médecins déclarèrent que, si je continuais, ma vue était perdue à jamais; il me fut donc interdit de lire ou d'écrire pendant plusieurs années. J'étais désolé, désespéré, irrité presque..., lorsqu'un soir j'aperçus Julienne lisant avec une attention profonde; j'allai à elle, je regardai le livre qu'elle lisait... C'était une grammaire grecque! J'étais stupéfait. « — Comment! lui dis-je, tu lis cela, toi? — Eh! oui, me répondit-elle, j'apprends le grec. — Tu es folle! — J'apprends aussi le latin, » ajouta-t-elle tranquillement. Mon étonnement était au comble. Alors, elle se leva, me ramena doucement à mon fauteuil, s'agenouilla auprès de moi, me prit les mains et me dit d'une belle voix tendre et grave qui me rappela celle de ma mère : « Père, c'est mon tour, maintenant; c'est à moi de travailler pour toi, puisque tu as brûlé tes yeux pour me donner un ruban de plus. Je ne suis pas aussi sotte que tu le crois, père! et si tu veux me donner des conseils, j'apprendrai plus vite. Je corrigerai les épreuves qu'on t'enverra toujours, je ferai des traductions que je te lirai, j'examinerai les devoirs de tes élèves, je te remplacerai... du moins, je remplacerai tes yeux! » Je voulus résister, faire des objections : tout fut inutile, je fus vaincu. Depuis sept ans, Julienne est devenue une vraie petite savante; tout ce qu'elle a appris vous effrayerait! Grâce à elle, l'aisance est restée dans la maison; mais, regardez-la, ma chère héroïne! qu'est devenue sa beauté, sa jeunesse?

— Que dites-vous? monsieur, murmura Paul, elle a l'air d'une sainte! — Et c'en est une, allez! — Me permettrez-vous de venir vous revoir? Je sens qu'un pareil spectacle me rendra meilleur, me régénérera peut-être, monsieur. — Revenez, dit M. Guiraudet.

Un soir d'hiver, Paul était venu rendre visite à ses nouveaux amis. M. Guiraudet était assis dans un grand fauteuil, loin de la lumière, que ses mauvais yeux lui rendaient pénible; mademoiselle Julienne était, comme toujours, occupée à écrire, et tout le feu de la lampe inondait ses cheveux et le haut de son visage incliné. Après quelques paroles de bienvenue, Julienne, qui donnait quelques petits signes d'impatience, leva la tête et dit à Paul : — Savez-vous encore un peu de latin? — Mais... je suppose! — C'est fort heureux pour moi, fit Julienne, car vous allez me rendre un service très-considérable. — Avec joie, Mademoiselle. — Voici ce dont il s'agit : mon père s'est engagé depuis longtemps à faire, pour un de nos premiers éditeurs, une traduction des *Odes* d'Horace. Le terme qu'on lui a fixé arrivera bientôt; mais mon pauvre père est bien fatigué encore; d'ailleurs, on traduit mal, sans voir son auteur; on se corrige mal soi-même; je tâche donc de le remplacer; mais ce n'est point une facile besogne... pour une femme surtout. En vérité, le poëte de Tibur me me souvent dans un embarras!... Voulez-vous m'aider un peu?

Julienne disait cela simplement, avec une sorte de bonhomie charmante. Paul fut bien forcé de répondre : — A vos ordres, Mademoiselle! Où en êtes-vous? — A l'ode dix-huitième du livre III.

Et Julienne se mit à lire d'une voix grave, et en scandant parfaitement les vers :

Intactis opulentior

Thesauris Arabum et divitis Indiæ

Cæmentis licet occupes....

Elle s'arrêta, et, tendant le livre à Paul : — Non, prenez le livre et dictez-moi la traduction.

Paul prit le livre naïvement. — Un instant! un instant, Mademoiselle!

Et il se mit à étudier le texte. Julienne était impassible; M. Guiraudet souriait vaguement sous ses larges lunettes. Après un silence, Julienne hasarda un *Eh bien!*

Paul paraissait contrarié, cependant il se décida à dire : — Avez-vous là un dictionnaire latin? — Pourquoi faire? — Pour chercher un mot. — Et lequel? — Un mot difficile! — Et lequel donc? — Eh bien! c'est le mot *cæmentis*. — Oh! oh! monsieur Gérard! — Un dictionnaire, s'il vous plaît!

— A quoi bon? Regardez bien le mot, rendez-vous compte du mouvement de l'idée, et vous trouverez vite. — Mais... je ne trouve pas, dit Paul, après avoir bien cherché. — Eh bien! *cæmentis*... cela ressemble au *ciment*, autrement dit *moellons*, décombres, avec lesquels on fait des jetées contre la mer, des digues. Dans le cas présent, dans l'espèce, c'est le sens du mot *cæmentis*...

Julienne parlait d'un ton si enjoué et avec un si aimable sourire que Paul sourit de son côté et s'écria : — Décidément, je ne suis qu'un mauvais élève, et je me mets à votre école. — Eh bien, continuons, monsieur, continuez à m'aider! Seulement, c'est vous qui écrirez, je dicterai.

Paul accepta cet arrangement. Les heures passèrent rapidement pour Paul, ce soir-là. Quand la traduction de l'ode fut finie, il dit à M. Guiraudet : — J'ai passé une bonne soirée, grâce à mademoiselle. Puis, se tournant vers Julienne : — Si vous êtes bonne, mademoiselle, promettez-moi que cette séance ne sera pas la dernière : je me sens heureux! — C'est que vous avez travaillé, monsieur. Nous recommencerons, si vous le désirez; à une condition, toutefois, c'est que vous travaillerez pour vous-même, que vous continuerez vos études, que vous serez avocat bientôt.

Puis, elle ajouta, en relevant la tête, d'une voix ferme, et avec un éclair dans les yeux : — Oh! promettez-moi cela, sans quoi je vous mépriserais... Un homme qui ne fait rien ne vaut pas le chien qui court les rues! — Étrange fille! se dit Paul en sortant. Savante... sans être ridicule!

Trois ans après les premiers événements de cette simple histoire, la foule se pressait à la porte de la cour d'assises de Paris. Il s'agissait d'une de ces affaires qui excitent puissamment l'attention publique; les habitués du Palais s'entretenaient avec animation du choix fait par l'accusé d'un avocat, inconnu jusque-là, mais qu'un magistrat vénérable entourait de sa protection. Les curieux ne manquaient donc pas à ce début, ni les envieux.

Après l'audition des témoins et le réquisitoire du ministère public, le défenseur se leva. Au milieu de l'attention universelle, il commença d'une voix vibrante et claire; il exposa les faits de la cause avec cette lucidité qui est déjà une séduction; puis, se sentant peu à peu maître de son auditoire, il s'abandonna à des mouvements d'éloquence qui entraînèrent les plus hostiles et les plus indifférents. A la fin de sa plaidoirie, l'avocat s'arrêta un instant; puis, réunissant toutes ses forces, il résuma tous les faits de la cause dans une de ces péroraisons émouvantes, comme les murs du Palais en entendirent rarement. Des applaudissements frénétiques éclatèrent de toutes les parties de la salle, et un avocat illustre qui écoutait dit à son voisin : « Voilà notre maître à tous! »

Pendant cette ovation, une femme, confondue dans l'auditoire, pleurait sous son voile, et près d'elle un vieillard souriait.

Le soir du même jour, il y avait grand gala chez M. Guiraudet.

— Ce que c'est que la chance, disait le vieillard; pour la première fois depuis trente ans j'ai manqué à mon service, et je suis nommé sous-bibliothécaire. Que va-t-il m'arriver encore?

— Il vous arrive un fils, dit Gérard en entrant.

Vicomte Henri de Bornier.

CHILD-HAROLD EN ITALIE

A toi, riant Clitumne, à ton paisible cours
Du cristal le plus clair où la naïade puisse
De son corps frais et pur mirer les beaux contours !
L'onde a creusé des bords qu'un doux gazon tapisse,
Et que foule le pied de la blanche génisse.
Des plus limpides eaux pure divinité,
En ton lit virginal où le zéphire glisse,
Le meurtre et les combats ont toujours respecté
Le bain et le miroir de la jeune beauté.

Au flanc d'un coteau vert, qui doucement s'incline,
Sur ton heureuse rive, un petit monument,
Temple corinthien, d'une grâce divine,
A conservé ton culte. A ses pieds lentement
Se répandent tes eaux, d'où saute, à tout moment,
Le poisson voyageur, dont l'écaille étincelle,
Et qui, dans tes cailloux, se tapit fraîchement ;
Tandis qu'un nénufar livre au vent sa nacelle,
Sur l'onde fredonnant sa chanson éternelle.

Ne quittez pas ces bords, sans en bénir le dieu !
D'un zéphyr plus serein sentez-vous la caresse
Effleurer votre front ? C'est lui !... Dans ce beau lieu,
Les bois murmurent-ils avec plus d'allégresse ?
De vos sens, leur fraîcheur se rend-elle maîtresse ?
Et ce baptême enfin a-t-il épanoui
Votre cœur, délivré de cette sécheresse
Qui consume nos jours ici-bas ?... C'est à lui
Que sont dus ces instants qui trop vite auront fui !

Traduit de Lord Byron.
LUCIEN DAVESIÈS DE PONTÈS.

LES ORIGINES DU BOURGEOIS GENTILHOMME

ULLE part Molière n'est entré plus au vif dans les mœurs de son temps. Ailleurs, même en ses pièces les plus bourgeoises, le *Malade imaginaire*, il se prend aux caractères. Ici, je le répète, c'est aux mœurs elles-mêmes, réagissant sur les types, et les colorant de leur nuance toute d'époque et toute locale, qu'il s'est principalement attaqué. Le *Bourgeois gentilhomme*, il ne faut pas l'oublier quand on le lit, et moins encore lorsqu'on le joue, est une pièce d'actualité, un à-propos, enfin presque une anecdote, mise en comédie et devenue chef-d'œuvre.

En 1669, le Grand Turc, comme on appelait alors le Sultan, s'était décidé, malgré toutes les traditions de l'orgueil musulman, à faire partir une ambassade vers Louis XIV. Il avait su que, l'année d'auparavant, les Moscovites, qui commençaient à le mettre en jalousie et même en inquiétude, avaient rendu cet hommage au roi de France, et, pour n'être pas avec eux en reste d'égards et de respect envers ce nouvel arbitre de l'Europe, il faisait ce qu'un prince ottoman n'avait jamais fait encore. Son ambassadeur fut le bienvenu : Louis XIV le reçut en roi, disons mieux, en empereur de France; car, ce qu'on ne sait pas, c'est que, dans ses relations avec les souverains de l'Islamisme, soit de la Turquie, soit du Maroc, Louis XIV se laissait bel et bien donner le titre d'empereur, et se le donnait même, au besoin. La harangue que lui débita l'ambassadeur marocain de 1699 commençait, par exemple, ainsi : « *Très-haut, très-excellent, très-magnanime et toujours invincible* EMPEREUR DE FRANCE, *Louis XIV, Dieu bénisse à jamais le règne de Votre* MAJESTÉ IMPÉRIALE! » Le grand roi laissa donc le Marocain de 1699 l'appeler *empereur*, comme il l'avait permis au Turc de 1669.

L'ambassade de celui-ci, qui, je l'ai dit, était la première que nous eussions vue arriver d'aussi loin, fut un événement, dont l'effet, très-longtemps prolongé, se fait même encore sentir. N'est-ce pas à cet ambassadeur que nous devons, par imitation, l'usage du café, qui ne nous a plus quittés? Il semblait s'en régaler si bien, qu'on voulut faire comme lui, et qu'on s'en régale encore.

On lui doit aussi, par un autre contre-coup d'influence, la tragédie de *Bajazet*, que Racine crut devoir faire, pour suivre, à sa manière, ce courant oriental, et accommoder sa poésie au gré de cette mode turque, dont tout alors subissait la vogue. Molière s'y était laissé entraîner le premier, et nous ne nous en plaignons pas : le *Bourgeois gentilhomme* en est venu.

On avait logé ces nouveaux arrivés de Turquie chez un personnage dont la maison était des plus accessibles à Molière : c'était M. de La Haye, notre ambassadeur à Constantinople avant

Guilleragues. La Mothe Le Vayer avait épousé sa fille, et Molière, dont il était l'ami, avait là ses entrées libres. De La Haye n'habitait pas Paris, mais le village d'Issy. Or Molière alors ne quittait presque pas Auteuil, sur le bord opposé de la Seine. Il n'avait qu'un signe à faire à l'homme qui menait sa barque, et, en deux ou trois coups de rame, il était sur l'autre rive, examinant de près, tout à son aise, chez M. de La Haye, ces braves Turcs qui ne se défiaient pas, et posaient en plein naturel pour la farce à venir. Elle ne tarda pas à germer, à grandir dans l'esprit du sublime bouffon; mais ce qui devait la faire éclater se faisait attendre encore, lorsqu'une aventure de l'ambassadeur lui-même vint ajouter à la comédie ce qu'il fallait de romanesque, et lui donner ainsi ce qui lui manquait.

Une lettre de mademoiselle Du Pré à Bussy, du 27 décembre 1669, qui, je crois, n'a jamais été citée à ce propos, nous met sur la piste de l'histoire. Il y est dit que « Madame..... étant allée, avec beaucoup d'autres, voir l'ambassadeur turc, celui-ci la trouva la plus belle et lui jeta le mouchoir. »

Le détail est bon, mais ne suffit pas. Le gazetier en rimes de la *Muse historique*, Robinet, va heureusement nous le compléter, et faire entrer l'anecdote dans le vif même de la pièce de Molière :

L'Envoyé de la Porte ici
Ayant rencontré à Issy,
Eutre les belles de Lutèce,
Qui le lorgnaient *illec* sans cesse,
Une brune, dont l'œil fendant
A sur les cœurs grand ascendant,
Se fit informer, en peu d'heures,
Des qualités, noms et demeures,
De ce charmant objet *bourgeois*.
Ensuite, comme un franc Turquois,
Il la fit marchander au père,
Sans en faire plus de mystère,
Pour la conduire au Grand Seigneur,
L'assurant qu'elle aurait l'honneur
De recevoir, de Sa Hautesse,
Le cher signal de sa tendresse,
Et cela s'entend le mouchoir,
Qui veut dire : Bonsoir, bonsoir...
Mais le bourgeois, tout en colère,
Lui répondit : « Lère lon lère. »

Donnez à la réponse du père un refrain tout différent; admettez que ce bourgeois consente, au lieu de refuser, et qu'il soit heureux de voir sa fille mariée au fils du Grand Turc, et vous aurez tout le dénoûment que Molière attendait, pour se mettre à sa comédie, l'écrire et la faire jouer.

C'est au mois de décembre 1669 que s'était passée l'aventure, et que Molière avait pu, par conséquent, commencer sa pièce. Il ne lui fut possible de la faire jouer que dix mois après, à Chambord, pendant un de ces séjours de chasse que le roi y faisait volontiers en automne.

Rien ne manquait au prestige de la pièce. Molière y jouait lui-même le rôle de M. Jourdain.

Lulli, qui avait rajeuni, pour en assaisonner mieux le divertissement, certain *récit tudesque*, dont le succès avait été magnifique quelques années auparavant, s'était chargé de jouer lui-même le Muphti; et enfin, une comédienne, que Molière avait retirée tout exprès, avec ordre du roi, de la troupe des comédiens de Mâcon, où elle était engagée, la Beauval, apportait pour la première fois la verdeur de son comique et l'éclat de son rire, dans le personnage de Nicole.

Malgré tout cela, le succès fut douteux. Le roi, sur lequel chacun réglait son rire ou son ennui, n'avait ri qu'à peine, et, en sortant, n'avait rien dit à Molière, qui s'en désespéra, et fut huit jours à ne plus reparaître. Au bout de ce temps, dont cette apparence de disgrâce lui fit un siècle, il osa s'aventurer chez le roi, qui daigna le voir et lui dire quelques mots. C'étaient des éloges pour sa pièce, qui lui ramenèrent tous les courtisans aussi vite que le silence royal les avait éloignés.

Pourquoi ce silence, pourquoi ce retard d'applaudissements, de la part du roi, qui, d'ordinaire, était plus prompt à l'éloge, surtout lorsqu'il s'agissait de Molière?

Il y avait de grandes hardiesses dans cette comédie. Les bourgeois y sont ridicules; mais les nobles, que représente le *comte* Dorante, y sont encore plus odieux par une bassesse qui frôle l'escroquerie. Le fils du tapissier-fripier Jean Poquelin avait bien voulu se moquer de la bourgeoisie, en faisant rire du marchand de draps, M. Jourdain; mais n'était-ce pas à la condition que la noblesse, ici encore, ne serait pas en reste dans la satire, et que, à tout prendre, elle aurait même à regretter de n'y être pas seulement ridicule, comme au temps des *petits marquis*. Auprès de l'odieux rôle du comte Dorante, celui du sot, M. Jourdain, est un beau rôle. Le roi, qui voyait juste, avait dû saisir tout cela du premier coup d'œil. Quoiqu'il n'aimât pas la noblesse, cette vive atteinte, qui allait presque à son honneur, avait dû le toucher lui-même dans ses sentiments de gentilhomme.

Une autre hardiesse, plus innocente, mais dont l'effet n'intéressait pas moins Molière, avait dû aussi faire légèrement froncer le sourcil olympien de Louis XIV. Dans la scène de la leçon de philosophie, Molière n'avait-il pas osé s'en prendre à la méthode qu'on avait suivie pour l'éducation du Dauphin, et par là se moquer de Bossuet, oui, de Bossuet lui-même! C'était la réponse du comique à l'anathème qui le poursuivait depuis *Tartufe*. Il ripostait à la foudre, par le rire.

Vous vous la rappelez, cette scène étonnante, où la dissection des voyelles est si impitoyablement mise en bouffonnerie; eh bien, donnez-vous la peine de lire le *Discours physique de la Parole*, qui, deux ans avant cette bouffonne leçon de lecture faite à M. Jourdain, avait très-sérieusement été écrit par M. de Cordemoy, « *lecteur de Monseigneur le Dauphin,* » sous la direction, sous l'inspiration même de Bossuet : « Si, par exemple, on ouvre la bouche autant qu'on la peut ouvrir en criant, on ne saurait former qu'une voix en A. — Que si l'on ouvre un peu moins la bouche, *en avançant la mâchoire d'en bas vers celle d'en haut*, on formera une autre voix terminée en E. — Et, *si l'on approche encore un peu davantage les mâchoires l'une de l'autre*, sans, toutefois, que les dents se touchent, on formera une troisième voix en I... » Vous avez reconnu le maître de M. Jourdain, sous le texte doctoral du professeur de Monseigneur le Dauphin.

Édouard Fournier.

LE VALLON DES PYRÉNÉES

I

1792

I vous n'avez pas vu les Pyrénées, leurs herbes de velours, la poussière prismatique de leurs cascades, les guirlandes fleuries qui s'entrelacent à leurs pieds, la couronne de neige qui coiffe royalement leur tête, et les froides ténèbres de leurs gorges profondes, et leurs chaudes et verdoyantes vallées, et les grands lacs qu'elles élèvent sur leurs bras puissants comme les réservoirs éternels des fleuves, et les sources salutaires qui coulent sur leurs flancs, comme un lait miraculeux, et les torrents qui tombent en hurlant, de roc en roc, au fond des précipices, et qui s'en échappent tout là-bas, comme des couleuvres d'argent, à travers les prairies, et leurs grands châteaux ruinés, dont les tours penchées menacent ou bénissent les villages; et puis, ces cirques gigantesques, bâtis sur des rochers aussi vieux que le monde, par celui qui l'a créé; puis, ces milliers de cabanes, toujours jeunes, parce qu'elles sont incessamment renouvelées; et ces tonnerres qui roulent comme un grave accompagnement aux vives chansons des montagnards; et, le soir, ces troupeaux étagés, qui dorment sous la lune, sans crainte des pluies glacées ou des brigands avides; et, tout le jour, les brillants équipages accourant de loin sur les routes, tout remplis des heureux du siècle, qui viennent chercher la joie et la santé, richesse du pauvre; enfin, si vous n'avez pas vu, au lever du soleil, ces mille aiguilles de granit qui percent le ciel bleu, et ces mille courbes vaporeuses qui se dessinent harmonieusement à l'horizon; et l'aigle solitaire, planant sur tout cela... si donc vous n'avez pas vu les Pyrénées avec leur atmosphère tiède et leur vive lumière, vous ignorez la grâce superbe et la beauté agreste.

Mais ce qu'il y a de plus beau et de plus gracieux dans les Pyrénées, c'est encore leur peuple de jeunes hommes et de jeunes filles. — Dans tous les lieux où l'espèce humaine n'est pas dégradée par le vice ou la misère, elle porte au front la marque éclatante de sa royauté. D'ailleurs, la population des montagnes, ou du moins de ces montagnes, a quelque chose du sylphe des airs, qui contraste avec les gnomes de certaines terres et plaines labourées. Voyez les pâtres et chasseurs basques, à la marche déliée, à la taille modelée, au teint brun mais frais, à l'œil intelligent et passionné, à la parole prompte et accentuée, aux mouvements souples et alertes : ressemblent-ils en rien aux lourds garçons de charrue de quelques-unes des provinces du centre? Il en est de même, et à plus forte raison, pour les Pyrénéens : leur caractère se décèle par leur costume. Tous et toutes portent, à leurs bras, à leur col, à leurs corsages galants, à leurs vestes bien coupées, le peu qu'ils ont d'or... : nos paysans le portent tout dans leur poche..., mais quels habits!

Parmi ces belles familles des montagnes, on remarquait, vers le commencement de notre première Révolution, un charmant ménage, Jacques Bastoul et Nicolle Dalmas, qui habitaient une petite cabane, dans un vallon frais et riant comme eux. Leur enfant, de trois mois, et la jeune sœur de Nicolle, Thérèse, jolie fille de douze ans, égayaient encore leur bonheur. Une piété vraie, quoique un peu superstitieuse, à cause du voisinage de l'Espagne, et une bienveillance inaltérable, qui est aussi de la charité, les faisaient chérir et vénérer de toute la paroisse. Jacques et Nicolle n'avaient plus ni père ni mère, mais tous les anciens du pays les appelaient des noms de fils et de fille. Leurs vœux étaient bornés comme leurs besoins, et le travail et l'industrie suppléaient à l'insuffisance de leurs récoltes. Nicolle et Thérèse filaient le chanvre dans les longues soirées d'hiver, et Jacques servait de guide aux voyageurs dans la belle saison, et chassait l'ours comme le chamois. C'était une fête, toutes les fois qu'il revenait à la cabane, avec son chien derrière lui, son fusil sur l'épaule et son gibier à la main. Il fallait voir comme sa Nicolle suspendait ses bras à son col, ainsi que la liane au palmier; et alors ils étaient plus heureux qu'un roi de l'ancien temps.

Un jour du mois d'avril 1792, le garde-chasse du jeune marquis de S*** vint prier Nicolle de passer au château, à peine éloigné d'une lieue de la cabane. La marquise venait de mettre au monde un gros garçon, qu'elle ne pouvait nourrir, et elle désirait vivement que Nicolle se chargeât de cette tâche maternelle. De brillantes propositions lui furent faites pour rester au château... Mais la cabane, avec Jacques, valait bien mieux, et elle refusa, en remerciant beaucoup. Il fallut consentir à lui laisser emporter l'enfant. On irait le voir deux fois par jour, et, d'ailleurs, la bonne renommée de la nourrice répondait de tout. Le marquis fit les conditions assez peu noblement; la marquise embrassa son enfant aussi tendrement qu'il lui fut possible, et salua Nicolle d'un « Adieu, ma chère, » on ne peut plus aristocrate; et on se sépara.

Les temps devenaient durs : beaucoup de riches avaient déjà quitté la France; bien peu de personnes voyageaient pour leur plaisir ou même pour leur santé. Le métier de guide devenait une sinécure gratuite; c'était donc une bonne aubaine, dans ces circonstances, qu'un nourrisson comme celui-là; et Jacques et Thérèse furent enchantés, comme Nicolle, et jusqu'au petit Bastien, qui fêta son frère par de grands cris, en lui pinçant les bras et en lui mordant les pieds. Surtout, n'y avait pas de meilleure mère que la jeune nourrice; et toutes les fois que le sévère marquis venait voir son fils, il ne pouvait, avec la meilleure volonté du monde, trouver la moindre chose à reprendre; et il s'en allait toujours satisfait, ce qui le contrariait fort.

Le marquis et la marquise de S***, restés de bonne heure orphelins, étaient nés de parents plus nobles encore par les sentiments que par la naissance, et dont la mémoire bénie protégeait encore leurs héritiers, qui n'avaient guère hérité que de leur nom et de leur fortune. Privés, en bas âge, des salutaires exemples paternels, le jeune marquis et la jeune *demoiselle* ne s'étaient, chacun de son côté, entourés que de flatteurs et de parasites, et la vanité et l'orgueil avaient démesurément profité en eux, au préjudice des choses du cœur. Donc, afin de conserver, sous le régime de la Révolution, leur suprématie sociale, ils eurent hâte de se faire *citoyens*, de fort mauvaise foi, avant même que les marquisats fussent abolis, reniant tout haut leurs aïeux (leur seule gloire), et se disant *peuple*, pour tâcher de le dominer encore, à l'aide de la grande fortune qu'ils croyaient sauver ainsi. Ils marchaient sur leur écusson, pour se grandir aux yeux du vulgaire, et ils n'avaient plus des grands seigneurs que l'insolence qu'on leur accorde trop facilement, et qui est bien mieux l'apanage des parvenus... Bien différents, en cela, de cette foule de nobles familles qui, en gardant leurs titres et leurs idées jusqu'au bout, se faisaient surtout reconnaître par leur délicatesse et leur urbanité.

Durant quelques mois, le marquis et la marquise de S***, — je me trompe, — le citoyen et la citoyenne S*** venaient ou envoyaient, tous les jours, à la cabane de Bastoul, jetant des cadeaux, sans jamais y mêler un mot de tendresse ou d'obligeance. Ils semblaient craindre par-dessus tout que leur petit Auguste ne s'attachât trop à sa nouvelle famille; ils restaient donc le plus qu'ils pouvaient auprès de leur enfant, ne songeant pas, toutefois, à être ingénieux de soins et de ces mille inventions amusantes qui prennent le cœur de ces petits êtres. On oublie toujours quelque chose : ils laissaient cela aux pauvres gens de la cabane.

Cependant, la Révolution marchait, marchait comme un char armé de faux, renversant et moissonnant, sur son passage, tout ce qui s'élevait au-dessus des sillons. Sous le *citoyen*, le *marquis* paraissait trop pour être oublié... Bref, un jour, deux républicains, aussi honnêtes et francs qu'il l'était peu, viennent le prévenir qu'il n'avait plus que deux heures pour se sauver; que des gendarmes devaient, la nuit même, le saisir pour le jeter en prison, et de là au tribunal révolutionnaire, et ensuite... cela se comprenait de reste. Le noble couple, infiniment moins citoyen que la veille, n'eut que le temps de rassembler les valeurs assez considérables qu'il avait en portefeuille, et partit, sous un déguisement de marchands forains, pour la frontière d'Espagne, sans avoir pu embrasser le petit Auguste... — Les voilà sauvés !

Jacques et Nicolle redoublèrent d'amour et de sollicitude pour le pauvre enfant. Ils en devenaient les père et mère responsables. Pendant deux ans, les parents réels leur firent passer l'argent nécessaire; puis, les biens de France furent vendus nationalement; puis, les capitaux furent follement dissipés dans l'émigration : car, de l'Espagne en Italie, et de l'Italie en Allemagne, le marquis et la marquise de S***, redevenus plus marquis que jamais et demeurés très-orgueilleux, éblouissaient et insultaient par leur luxe les plus nobles émigrés, qui avaient pris des sentiments conformes à la fortune présente, et qui, un grand nombre du moins, supportaient par leur vertu une pénible existence, qu'ils soutenaient par leurs talents ou leur travail. Mais nos jeunes seigneurs des Pyrénées, qui ne se doutaient et ne doutaient de rien, avaient imaginé que la Révolution n'était qu'un accident passager, et qu'ils rentreraient triomphants en France, au bout de quelques mois; et ils avaient agi en conséquence, sans même assurer l'entretien de leur enfant, et la créance toujours croissante de la nourrice. Dès 1794, tout payement cessa. Le garde-chasse fut chargé, par lettre, de l'annoncer à ces *bonnes gens*, en leur promettant, et de très-bonne foi, que, s'ils continuaient à prendre soin d'Auguste, ils ne perdraient rien, un jour à venir. En attendant, le marquis et sa femme tombèrent dans un grand dénûment, vivant d'abord des aumônes de l'émigration, et ensuite des bienfaits d'un oncle de la marquise, possesseur encore de quelques débris de fortune sur la terre d'exil.

En attendant aussi, les désastres n'avaient pas épargné Jacques et Nicolle. Lorsque les grands sont frappés, le contre-coup ne se fait pas attendre chez les petits. Un bâtiment dont le faîte est renversé est bientôt, d'étage en étage, ruiné jusque dans ses fondations. La guerre civile, la guerre avec les Espagnols, la disette, les incendies, les assignats, le *maximum*, etc., il n'était pas possible que le bon ménage ne reçût pas quelques atteintes de tous ces fléaux. Leur cabane fut brûlée, leur champ dévasté; il fallut aller chercher un refuge dans un vallon reculé, où ils élevèrent une nouvelle cabane, auprès de laquelle l'autre aurait eu l'air d'un palais; et, par une sorte de dérision du hasard, par un singulier concours de circonstances, ils avaient été conduits dans le plus splendide vallon pyrénéen, dominé par une colline verte, que couronnent des fabriques et des édifices qu'on dirait empruntés à quelque paysage de Claude Lorrain. Quand une vue de la Nature est très-belle, il y a toujours là un aspect italien. —Dans le bas, un cours d'eau, dont les sables d'or se mariaient à l'azur reflété du ciel; et partout la plantureuse fécondité!... C'est donc au milieu de tant de magnificences que le ménage fugitif était venu abriter sa misère. La destinée se plaît quelquefois à ces bizarres antithèses. C'est là que Jacques et Nicolle continuèrent à vivre, par un redoublement de travail, et non sans de grandes privations, faisant surtout en sorte que le petit Auguste ne se ressentît pas de tant de revers. Il eut la dernière paire de draps qui leur resta, et le premier morceau de pain blanc qui leur revint; et ils soignaient son âme, comme son corps, l'instruisaient eux-mêmes, à défaut de curé, le mieux qu'ils pouvaient, dans la connaissance de Dieu et des saints préceptes, en le faisant prier soir et matin pour son père et sa mère, *qui l'aimaient tant et qui étaient si bons* : car il faut toujours cacher les torts des parents aux yeux des enfants; et un fils est toujours ingrat, s'il ne bénit pas ses père et mère, quels qu'ils soient. Pour ce qui est de l'instruction mondaine, ils lisaient fort mal, et ne savaient pas écrire du tout. Ils lui apprirent *tout ce qu'ils savaient*, en même temps qu'à leur petit Bastien. Au surplus, quand on n'a pas quatre ans, on en sait toujours trop.

Une fois installés dans cette nouvelle et misérable chaumière, leurs semaines tournèrent dans un cercle d'occupations monotones, sans la perspective même des pieuses distractions du dimanche, que le profane *décadi* avait exilé du calendrier, comme les prêtres avaient été bannis de leurs églises. Jacques Bastoul emmenait son petit garçon dans les ravins les plus effrayant, et sur les escarpements les plus périlleux des Pyrénées, afin d'instruire et d'accoutumer ses premiers pas au pénible métier de *guide* et de chasseur. — Puis, il défrichait quelques landes, sous ses yeux, et rapportait du bois à la chaumière. Nicolle restait pour s'occuper du ménage et des apprêts du frugal repas du soir ; tandis que Thérèse était partie, de son côté, avec le petit Auguste, pour le hameau voisin, où elle travaillait, comme couturière à la journée, chez de braves gens qui laissaient jouer l'enfant avec les leurs. Cette petite course d'une demi-lieue à travers les sentiers boisés de la montagne était, d'ailleurs, aussi salutaire qu'agréable pour Auguste, qui s'amusait tout le temps à faire courir un jeune chevreau que sa mère adoptive lui avait donné, pour qu'il eût quelque chose à lui dans le monde; car, d'après tout ce qui se passait, elle voyait bien que c'en était fait pour toujours du sort et des propriétés de la famille du pauvre enfant.

Un soir, qu'un violent orage avait éclaté, la jeune fille revenait en toute hâte avec Auguste, pour rentrer au gîte avant la nuit. Mais voilà qu'après un quart d'heure de marche, elle n'aperçoit plus le chemin tournant qui conduisait à la chaumière : à sa place, c'était un torrent. Thérèse ôte bien vite ses chaussures, regarde autour d'elle, par un mouvement naïf de pudeur, si personne, dans ce désert, ne peut la voir, relève sa robe jusqu'à son genou, en tenant de ses deux bras le bel enfant, assis derrière son col, les pieds allongés sur sa poitrine. — Elle cherchait des yeux l'endroit le moins dangereux, pour passer le torrent, et le chevreau, avec sa laisse pendante, bêlait tristement, comme pour appeler son petit maître, qui riait de tout cela, et surtout d'être porté si haut, et qui applaudissait de ses deux mains, et qui baisait les cheveux de la jolie Thérèse. C'était un tableau charmant... Un jeune peintre voyageur, que le hasard avait amené tout exprès, et qui s'était caché pour ne pas effaroucher la jeune fille (dont la peur n'était pas si folle, comme vous voyez), eut le temps d'en prendre un croquis. Puis, il suivit de loin ses modèles, et frappa enfin à la chaumière. Il raconta son aventure, montra son esquisse, et demanda la faveur d'une *séance* complète. On accepta de bon cœur. On le fit souper et coucher : les pauvres ont toujours un lit pour les étrangers. Le lendemain, il acheva son dessin, qui réussit à merveille, quoique le crayon de l'artiste eût beaucoup tremblé; car Thérèse, tout émue, était encore plus jolie que la veille. Il laissa l'original à ses hôtes, après en avoir pris une copie qui a été gravée depuis, et partit... mais non pas pour toujours, à ce que je présume.

Au bout de quelques années, vers 1798, Nicolle donna une sœur à son petit Bastien, et la nomma Augusta; et ce fut tendresse plus que vanité. L'horizon politique s'éclaircissait peu à peu ; les curés étaient revenus; il y en avait un très-savant, dans une paroisse voisine. Que firent Jacques et Nicolle? ils firent semblant d'avoir reçu de l'argent des parents d'Auguste, et prirent sur leur nécessaire pour lui donner de l'instruction, par des leçons du bon curé : « Car notre fils n'en a pas besoin; qu'il soit ignorant et heureux comme nous! disaient-ils; mais Auguste est un *monsieur*, et c'est par la science qu'il pourra reconquérir son rang et soutenir son nom. »

Le pauvre enfant, comme on l'appelait, profita miraculeusement des leçons du saint prêtre. A l'âge de douze ans, il fit sa première communion : il pria de tout son cœur pour son père et sa mère absents, et aussi pour sa mère et son père qui étaient là, pleurant de joie. Bastien et Augusta regardaient avec admiration celui qu'ils n'osaient appeler leur frère. Et Thérèse?... C'était cette jeune dame, en toilette simple, mais élégante, qui pleurait comme tous les autres; car elle n'était pas la moins joyeuse. Le jeune peintre était revenu, comme je m'en doutais; il gagnait de l'argent et avait épousé Thérèse, qui avait pris des manières de dame, sans oublier son village.

II

1804

La victoire avait porté Bonaparte à l'empire, et il avait dit : « Il n'y a plus de proscription ni de proscrits, il n'y a que des Français. » Et il rappelait les émigrés, et leur rendait leurs biens non vendus. Le marquis et la marquise de S*** revinrent, et rentrèrent dans la plus grande partie de leurs biens, qui n'étaient encore que sous le séquestre. Ils avaient toujours trouvé moyen d'avoir des nouvelles de leur enfant, sans jamais donner de leurs propres nouvelles à la nourrice, n'ayant rien à donner de plus. Maintenant qu'ils redevenaient riches, c'était tout différent. Le marquis devait rester à Paris.... On parlait de former une cour. La marquise partit seule pour les Pyrénées, afin de reprendre possession de ses domaines, et aussi de son fils. A peine arrivée, elle écrivit à Nicolle la lettre que voici :

« Vous avez sans doute appris, ma chère, notre retour en France. Le marquis et moi, nous n'en avions jamais douté. Je suis accablée de lassitude, mais vous comprendrez le besoin que j'ai de revoir mon fils. Vous le remettrez donc entre les mains de l'homme de confiance que je vous envoie. Nous avons aussi des comptes à régler ensemble. Venez, dès que vous le pourrez, m'apporter vos notes au château. Nous terminerons tout de suite.

« Adieu, ma chère; mon fils doit être bien grand, et bien peu savant, n'est-ce pas ?

« Marquise de S***. »

Ce fut Auguste qui lut cette lettre à Nicolle, et ils n'osaient pas se regarder. Quoi ! pas un mot de gratitude et de bienveillance!... Cependant, Nicolle, après avoir réfléchi, fit écrire, par le curé, la réponse suivante : « Je n'ai pas l'avantage de connaître l'écriture de madame la marquise de S***; je ne connais pas non plus la personne qui se dit envoyée par elle; je ne puis donc lui livrer aussi légèrement le précieux dépôt qui m'a été confié, et que je ne remettrai qu'à la mère elle-même. Elle trouvera, en effet, M. Auguste bien grand, et un peu plus savant qu'elle ne pourrait le présumer. Il sait surtout adorer et servir Dieu, respecter et honorer ses père et mère, et aimer les pauvres gens qui lui en ont tenu lieu douze ans, autant qu'ils ont pu. »

La marquise fut piquée au vif, et, dès le lendemain, elle courait à la chaumière. Le curé s'y trouvait encore au milieu de toute la famille.

— Me reconnaissez-vous, ma chère? dit la marquise à Nicolle, en relevant la tête avec une impertinence où il y avait du trouble et de l'humiliation : et me rendrez-vous mon fils? — Oui, madame, je vous reconnais; vous êtes bien la même..., et voici M. Auguste. — Embrassez votre mère! reprit aussitôt la marquise. Et Auguste se jeta au col de sa nourrice. La marquise eut l'air de ne pas faire attention, et ajouta : — Quant à nos comptes... — Oh! madame, interrompit la nourrice, c'est le moins pressé, et le calcul est facile. Vous savez nos premières conventions : ce sont des mois de nourrice, depuis dix ans qu'ils étaient dus... — Mieux que cela, mieux que cela, répliqua la marquise. Nous sommes plus justes, ma chère... Allons, mon fils, dites adieu à tout le monde, et venez.

Pour ne pas assister à cet adieu, elle ouvrit la porte, et fit signe à son laquais de faire avancer la voiture.

Le lendemain, une somme d'argent assez forte, quoique bien calculée, fut remise à Nicolle. Le surlendemain, la marquise et son fils étaient sur la route de Paris, et quelques jours après, dans l'hôtel du marquis. On donna vite à Auguste un précepteur, qui n'eut presque rien à lui apprendre, et tous les maîtres d'arts d'agrément, qu'il étonna par la rapidité de ses progrès. Et tous les plaisirs lui étaient offerts; mais le seul selon son cœur était d'écrire à sa famille de la chaumière, et d'en recevoir quelques réponses trop rares; car la marquise avait mesuré cette correspondance.

Une fois la cour de l'Empereur installée, le marquis se fit comte de l'Empire et chambellan. Je l'aurais juré. Le nouveau comte et la nouvelle comtesse voulurent avoir leurs portraits, avec celui d'Auguste, dans un même cadre. On leur parla d'un jeune peintre qui, ayant du talent, sans avoir la vogue, était modéré sur le prix; ils coururent à lui. A peine Auguste entrait-il dans l'atelier, qu'il était dans les bras du peintre et de sa femme, la bonne et gentille Thérèse, et qu'il montrait à sa mère le petit tableau du torrent, que le peintre détacha pour lui en faire hommage. Tout cela déplut tellement aux visiteurs, qu'ils sortirent sous un vain prétexte, et en inventèrent un autre pour ne plus revenir.

Au surplus, le mari et la femme, si d'accord pour ces sortes de choses, ne l'étaient guère pour le reste. Les ambitions déçues du comte, qui intriguait toujours; les dépenses folles de la comtesse pour sa toilette et ses équipages, étaient des sujets continuels d'humeur et de querelles. Auguste comparait cet enfer opulent avec l'indigent paradis de son enfance : « Voilà donc mes deux familles! se disait-il en lui-même. Oh! que j'étais heureux dans l'autre! C'est à présent qu'il faut m'appeler : *Pauvre enfant!* »

III

1814

Les Bourbons sont revenus sur le trône. Voilà le comte de S*** encore une fois marquis, et ne se rappelant pas avoir jamais été autre chose. Auguste a vingt-deux ans : on a de grands projets sur lui. Il n'en a qu'un : revoir la chaumière des Pyrénées encore une fois, et épancher son cœur dans ses cœurs d'adoption.

Le marquis, au bout de quelques mois, est pris d'une maladie de poitrine : il languit longtemps, et meurt le 19 mars 1815... Un peu plus tard, il était encore comte de l'Empire, sauf à redevenir marquis après les *Cent-Jours*, etc., etc. Cette mort frappa cruellement Auguste. A vrai dire, il n'avait eu de père, que pour le pleurer. Le voilà majeur et héritier du domaine des Pyrénées. Il ne tarda point à s'y rendre, pour tout régler; mais, avant tout, il voulait passer par la chaumière, où toutes les nouvelles étaient parvenues.

Une idée lui monta du cœur à la tête. Il prit des habits de pâtre, pour rentrer comme il était sorti... Et le voilà, ayant mis pied à terre à l'entrée de ce magnifique vallon pyrénéen, que vous connaissez. Il avance..., il avance...; et, près du Gave, il aperçoit une jeune fille, une quenouille à la main, qui chantonne une chanson triste, avec la voix et les lèvres d'un ange... Lui, aussi, avait la beauté d'un séraphin... Un double éclair jaillit de leurs cœurs... — Est-ce toi! Augusta? — C'est vous, M. Auguste!

Et ils se tinrent longtemps embrassés... Le soir tombait, comme un voile divin, sur cette scène de félicité surhumaine...

Tous deux revinrent bien troublés vers la chaumière. Auguste marchait en avant; à peine entré seul : — Nicolle! Nicolle! c'est moi, c'est votre fils, qui veut l'être doublement! J'ai l'âge et la fortune, je suis mon maître : je vous demande la main d'Augusta.

— Je vous la refuse, monsieur Auguste; je vous la refuse, car votre mère ne dirait jamais un *oui* volontaire, et vous ne devez pas lui faire un tel chagrin. Je vous la refuse, Auguste : car, si son éducation la rend, à quelques égards, digne de vous, sa famille ne pourrait point se présenter dans la vôtre, et je ne veux ni rougir, ni faire rougir personne. Et puis, vous avez à parcourir une haute et brillante carrière, qu'un tel mariage entraverait. C'est une folie, mon cher Auguste, mon fils; n'en parlons plus. Et que votre mère et ma fille n'en sachent jamais rien! Vous seriez seul sur la terre, que je vous la refuserais encore.

— Non! non! s'écria une voix, en dehors de la chaumière.

On ouvrit la porte; c'était la marquise. Inquiète du départ de son fils et des conseils que pourraient lui donner Jacques et Nicolle (qu'elle jugeait... comme on juge!), elle avait suivi Auguste. Le hasard, ou la Providence, l'avait amenée auprès de la chaumière, à l'instant même où il y entrait. Elle avait collé son oreille à la porte..., elle avait tout écouté... Vaincue, attendrie, éclairée, par tant de générosité et de délicatesse, elle s'écriait : — Non! non! ne le refusez pas! Je dis *oui*, de tout mon cœur. Ce cœur change; c'est comme un nuage qui voilait tous les bons sentiments endormis au fond de moi-même : nuage d'orgueil! Et c'est vous, Nicolle, qui avez fait ce miracle!...

Et Augusta entra dans la cabane. — Venez, Augusta, continua la marquise, et soyez ma fille! On ne meurt pas de joie, Augusta en est la preuve.

Et bientôt les deux familles n'en firent qu'une dans le château des Pyrénées. La marquise dit adieu à la vanité, pour se contenter du bonheur. On appela Thérèse et son mari, pour la noce... Et, tous les ans, pour fêter l'anniversaire de la dernière rencontre d'Auguste et d'Augusta, on allait tous refaire comme un repas nuptial, au bord du ruisseau qui coule dans le vallon enchanté.

ÉMILE DESCHAMPS.

14

LA CELLULE

Quand je vis que j'étais trahie
Et que l'ingrat m'abandonnait,
Je voulus quitter cette vie,
Où l'amour seul me retenait.
Mais, à mon oreille étonnée,
Une voix descend du saint lieu :
« Va, pauvre amante abandonnée,
Te jeter dans les bras de Dieu ! »

Au monde alors je me dérobe :
La foi me prête son flambeau ;
Pour linceul je prends cette robe,
Cette cellule pour tombeau ;
Mais mon âme désordonnée
Au monde n'a pas dit adieu :
La pauvre amante abandonnée
Rêve à Lui dans les bras de Dieu !

En vain, sur les dalles glacées,
Je m'agenouille en oraison,
Toujours mes coupables pensées
S'élancent hors de ma prison.
Mon âme à Lui s'était donnée :
Elle tiendra son premier vœu...
La pauvre amante abandonnée
Meurt d'amour dans les bras de Dieu.

P. L. JACOB, bibliophile.

LA PATOCHE DU PÈRE MORAND

L y a vingt-deux ou vingt-trois ans, que l'école de M. Morand florissait ; quand je dis l'école, j'ai peut-être tort, car je me souviens d'un certain écriteau, que le brave homme avait fait clouer au-dessus de la porte cochère, et qui portait en grosses lettres jaunes : *Institution Morand.* Je crois pourtant que le chef de ce fameux établissement eut, par la suite, quelque discussion avec l'Université, car le fastueux écriteau disparut un beau matin, et fut remplacé par une enseigne beaucoup plus modeste, qui disait tout bonnement : *Pensionnat de garçons.* Quoi qu'il en soit, M. Morand était fort aimé dans le quartier ; on vantait son grand savoir en théologie, en latin, et même en français. Il n'y avait pas, dans tout le faubourg Saint-Denis, une seule épicière un peu huppée qui ne mît son fils chez M. Morand. On citait même, parmi les élèves du respectable pédagogue, deux ou trois enfants de banquier et de commissaire de police.

Qu'on se figure un grand homme sec, aux cheveux grisonnants, qui porte une casquette en drap bleu, lustrée par l'usage, dont la visière de cuir noir est recousue en maint endroit avec cette ficelle rouge qui serre les paquets de plumes ; qu'on se figure un homme, aux pommettes vineuses et saillantes, aux yeux tant soit peu louches qui semblent regarder partout à la fois ; un homme, toujours vêtu d'une longue redingote jaunâtre à larges poches, toujours en souliers à boucles, et qui met des culottes courtes, hiver comme été, bien que ses jambes grêles n'aient, pour se garantir de l'inclémence des saisons, que des bas de coton chiné ; qu'on se figure ce digne personnage, et l'on aura l'idée la plus complète de M. Morand. Impossible d'imaginer une âme plus candide, moins agitée, plus honnête ; il n'avait qu'une passion, la passion des *patoches,* mais elle remplaçait chez lui toutes les autres ; elle était furieuse, ardente, insatiable : c'était là son idée fixe, sa plus chère occupation de la journée, son rêve de la nuit. Il avait toujours sur lui sa précieuse *patoche,* qui ne se reposait jamais. Cette patoche fonctionnait dans la maison, depuis quinze ans ; depuis quinze ans, elle n'était pas restée oisive, un seul jour, une seule heure : de cinq minutes en cinq minutes, régulièrement, elle sévissait. Cette *patoche,* que M. Morand aimait presque autant que sa fille, jolie blonde aux yeux bleus, de seize ou dix-sept ans, n'était pas autre chose qu'une soupente de cabriolet, longue comme la moitié du bras, et terriblement épaisse ; mais, à force de rebondir sur des mains d'écoliers, elle s'était séparée en deux langues de cuir, et lorsque **M.** Morand la balançait trois fois avant de frapper, elle s'ouvrait d'une manière menaçante, comme une gueule de serpent qui va mordre. Du reste, si **M.** Morand avait le cœur sensible et tendre comme un agneau, il avait l'ouïe si dure, qu'il n'entendait pas les cris des enfants qu'il *patochait*. Il se promenait, de long en large, dans la classe, toujours son cuir à la main ; et quand le sang lui bourdonnait aux oreilles, il s'imaginait alors qu'on bavardait, au lieu de travailler, et deux élèves, Adolphe et Louis, étaient *patochés* de prédilection, comme ses deux *pâtiras*. Il faut avouer, pourtant, qu'Adolphe et Louis n'étaient pas toujours des victimes innocentes. Ils avaient de l'esprit comme deux démons, et cent fois plus de malice. Leur génie inventif imaginait continuellement des tours, pour faire enrager le vieux bonhomme.

Adolphe pouvait avoir dix ans ; il était petit pour son âge, mais ses yeux noirs et vifs, qui brillaient singulièrement, sa bouche étroite et souriante, ses traits fortement dessinés, annonçaient un caractère ferme et résolu. Ses cheveux et ses sourcils, d'un noir d'ébène, étonnaient chez un enfant. Louis avait deux ans de moins qu'Adolphe, mais il était peut-être encore plus mauvais sujet, plus diable, bien qu'on l'eût pris pour un ange, à son visage frais et rond, à ses grands yeux bleu de ciel, à sa longue chevelure blonde qui lui tombait toute bouclée sur les épaules. Certes, une jeune fille n'a pas les joues plus roses et le cou plus blanc ; mais les apparences, comme vous savez, sont bien trompeuses. Le petit drôle rendait la vie dure à ce pauvre **M.** Morand ; tantôt, il profitait d'un moment où son maître avait le dos tourné, pour lui lancer des pois avec un tube de verre ; tantôt, quand le père Morand s'assoupissait dans sa chaise, tout en expliquant Phèdre, le méchant blondin se glissait, comme un serpent, jusqu'au dormeur, et lui mettait sous les pieds des boules fulminantes qui partaient comme un feu de file ; alors le vieux se réveillait en sursaut, et faisait signe à ses deux *truands*, comme il les appelait, de venir tendre la main au terrible instrument.

Clémentine, la fille de **M.** Morand, était chérie de tous les élèves, et certes elle le méritait bien, car elle était aussi bonne que belle. Elle apprenait à lire aux plus petits, et, quand ils étaient sages, elle tirait de sa poche des noix et des pommes, et les en régalait. Lorsqu'un écolier dînait sur la sellette, au pain sec, elle intercédait pour lui, d'abord ; mais, quand elle avait supplié vainement, elle indemnisait le coupable, en cachette, avec une bonne cuisse de volaille qu'elle savait trouver dans le garde-manger de son père. Clémentine s'intéressait particulièrement à Louis, dont elle aimait à peigner la chevelure bouclée. Elle le nommait son blondin, son petit protégé ; et lorsqu'il était en prison, elle venait le délivrer ou lui passer des confitures à travers les barreaux de la porte.

Cependant Adolphe et son collègue en malice, voyant que leurs mains étaient pleines de durillons, à force de recevoir des férules, se liguèrent, un jour, contre l'impitoyable soupente et jurèrent sa destruction ; mais il fallait avant tout s'emparer de l'instrument de supplice, et ce n'était pas facile, car **M.** Morand ne perdait jamais de vue sa chère *patoche* : et puis, comment s'en débarrasser ? La mettre en pièces, ou la jeter par-dessus le mur ?... Mais les morceaux de cuir ne pourraient échapper à l'œil du père Morand, et si quelque voisin trouvait la *patoche* dans la rue, il ne manquerait pas de la rapporter, car cette fameuse *patoche* était connue dans les environs.

Un matin que **M.** Morand faisait expliquer une fable de Phèdre (c'était, je crois, *le Chien et* *son ombre*), Adolphe, le garnement aux yeux noirs, partit d'un gros éclat de rire. Le maître n'entendit pas ce rire, mais il le devina sans peine, aux yeux brillants du marmot.

— Tu ne suis pas, mon drôle! dit-il, en balançant la terrible langue de cuir : où en sommes-nous? — *Canis per flumen natans*, répondit effrontément le gamin, qui n'avait seulement pas de livre devant lui. — Hein! reprit le maître. — *Carnem dum ferret*, continua l'élève, à qui son camarade Louis soufflait quelques mots décousus. — Ici, mon truand! dit le pédagogue, en lui faisant signe de venir. Je vais t'apprendre à rire, au lieu de suivre dans ton livre... Ici! mon truand! — Mais je suivais, réplique Adolphe épouvanté du sort qui l'attend; oui : *decepta aviditas...* — Ah! tu raisonnes! ajoute le père Morand en frappant sur la table avec son cuir : viens, mon drôle!

L'écolier, sentant bien qu'il fallait subir sa peine, et que la sentence était irrévocable comme un arrêt du destin, fit de nécessité vertu : il alla vers le supplice, à pas lents, et tendit sa main tremblante, qu'il retira cinq ou six fois de suite, sans attendre le coup.

— Veux-tu bien tendre la main, polisson? dit le père Morand, en lui tenant le bout des doigts; puis, il frappa de toute sa force. — Ouf! s'écria-t-il, rouge de colère, car il s'était *potoché* lui-même, au lieu de taper sur les ongles du coupable, qui avait brusquement escamoté sa main. — Tu vas me payer cela, continuait le père Morand furieux, petit révolutionnaire! Tiens!... tiens! tiens!

Il serrait comme dans un étau la frêle main du récalcitrant, et frappait si dru, qu'une des languettes de la soupente se détacha tout à fait, et tomba par terre honteusement; mais ce malheur ne fit que redoubler la verve du père Morand, qui *patocha* le pauvre petit diable jusqu'à extinction de chaleur naturelle. Celui-ci criait de toute sa force, il se tordait, piétinait, et crachait dans sa main pour tempérer la cuisson. Il poussait des gémissements, et n'avait pas une larme dans les yeux.

— Retourne à ta place! dit le maître, lassé de battre; j'ai la vue sur toi, et si tu ris encore...

Adolphe tira la langue et fit la grimace, dès que le père Morand eut le dos tourné; puis, il ouvrit un livre au hasard, et parut suivre l'explication, mais il s'ennuya bientôt de rester oisif et tranquille; alors il se mit à prendre des mouches, pour les guillotiner avec un fil, ou leur introduire un morceau de papier tortillé dans le derrière, et les lâcher ensuite. Il regarda ses vers à soie, et couvrit d'encre tous ceux qui paraissaient avoir la jaunisse. C'était bien la chose du monde la plus curieuse que son pupitre : il n'y avait pas un livre d'étude, mais, en revanche, un énorme cochon d'Inde, jaune et blanc, broutait sur une litière épaisse qui pourrissait l'intérieur du pupitre; et quand le couvercle s'ouvrait, il s'exhalait, de cette espèce de loge, une odeur fétide, nauséabonde, qui empoisonnait toute la classe. Ce pupitre servait aussi de tanière à plusieurs animaux de différents genres, tels, par exemple, qu'un gros lézard vert, qui se cachait dans l'herbe; une souris blanche, qui vivait en assez bonne intelligence avec le cochon d'Inde; puis, une petite grenouille vert-pomme qui coassait à tous les changements de temps. C'était dans ce pupitre un bruit affreux, composé de mille bruits divers, des grognements sourds, des cris aigus, des sifflements, à peu près comme dans une forêt vierge du Brésil.

Adolphe aimait son cochon d'Inde à la folie; il l'appelait *Saint-Aubin*, et Louis nommait le sien *Saint-Étienne-du-Mont*. Cependant, pour ne pas être profanateurs, ils supprimèrent le mot *saint*, à l'exemple des patriotes qui disent le faubourg *Antoine* tout court. Ils avaient pour leur cochon respectif une tendresse vraiment paternelle et touchante, car ils les emmenaient en promenade, et leur faisaient brouter l'herbe du Champ de Mars. Ils finirent pourtant par étrangler, un beau jour, ces deux malheureuses petites bêtes, pour avoir leur peau et les disséquer!... L'enfance est si cruelle!

Mais, pour en revenir au père Morand, le brave homme, après avoir donné vingt bonnes férules à maître Adolphe, pencha sa tête sur sa poitrine. Il venait de s'endormir, et d'énormes ronflements ne tardèrent pas à se faire entendre. Sa *patoche* était posée devant lui sur la table.

— Il dort joliment! dit Adolphe à son voisin. Tant pis, je me risque!... Il faut que j'empoigne la *patoche!* — Fameux! répond Louis, en se frottant les mains avec une joie folle : et qu'est-ce que nous en ferons? — Messieurs! dit Adolphe, en élevant un peu la voix : je vais prendre la *patoche* du père Morand, et la jeter quelque part, où, je vous jure, il n'ira pas la chercher. — Bravo! répliquèrent plusieurs écoliers à demi-voix : cette *patoche-là* fait trop de mal; nous avons tous des ampoules aux mains. — Je la jetterai je sais bien où! reprit l'espiègle dont l'œil noir petillait de gaieté; mais je crains les cafards... — Bah! nous les rosserons, repartit le blondin, s'ils s'avisent de dire un seul mot; va donc... — Je vais la prendre, messieurs, dit Adolphe, d'un air résolu, mais donnez-moi votre parole d'honneur que vous ne me dénoncerez pas. — Parole d'honneur la plus sacrée!... dirent presque tous les écoliers, en tendant les bras comme les *Horaces*. Malheur aux cafards!... — Mais toute la classe sera punie, observa le plus jeune des élèves : nous serons privés de récréation pendant quinze jours! — A bas le capon! cria Louis, en montrant le poing au trembleur; et tous les enfants répétèrent : — A bas le capon! — Ainsi, messieurs, c'est convenu! reprit Adolphe, en passant par-dessous la table, et s'approchant du dormeur, sur la pointe des pieds; c'est convenu! le premier qui *cafardera*, nous l'assommerons, et nous lui donnerons toutes les nuits une *omelette,* pendant un mois. — C'est convenu! dirent les écoliers.

Et voilà notre marmot qui, retenant sa respiration, se penche en avant sur un pied, et veut saisir la férule, mais il perd l'équilibre, et tombe sur l'épaule du père Morand. « Hum! » grommela celui-ci, s'éveillant à moitié, et promenant des yeux lourds et demi-clos par toute la classe; mais ses paupières endormies se refermèrent presque aussitôt, et sa tête retomba pesamment. Adolphe s'était cru perdu, et, dans son épouvante, il s'était blotti sous la redingote du père Morand.

— J'ai bien manqué d'être gobé, dit-il, en sortant de sa cachette avec précaution.

Puis, voyant que le bonhomme dormait profondément, il escamota la *patoche*, et la brandit d'un air de triomphe. — La voilà! messieurs, dit-il; décidément, qu'en ferons-nous? — Il faut la couper en mille pièces, répondit Louis, et tu jetteras les morceaux dans la niche de *Médor.* Le père Morand croira que c'est le chien qui l'a mangée. Il ne punira personne. — Fameuse idée! répliqua le ravisseur de la *patoche,* fier comme Jason emportant la toison d'or; qu'on me prête un canif qui coupe bien! — Il vaut mieux la déchirer, fit observer Louis; nous dirons que c'est le chien.

Alors Adolphe se mit à découdre gravement l'antique soupente, qui se divisa en trois ou quatre parties, comme la semelle d'un vieux soulier. Le jeune vaurien ouvrit doucement la porte de la classe, et sortit, pour jeter la *patoche* à Médor. Il ne tarda pas à rentrer, tout rayonnant.

Bientôt la cloche sonna pour la récréation, et les élèves allèrent visiter la niche du chien qui dévorait les morceaux de *patoche*. Ils détachèrent Médor, qui courut comme un fou dans le jardin et dans la classe. L'animal se jeta dans les jambes du père Morand, et manqua de le renverser.

— Ah! mon drôle! dit le père Morand, qui prit le chien pour un élève : je vais te *patocher*! Mais il reconnut enfin *Médor*, qui frétillait et lui léchait la main, comme pour demander pardon.

Le père Morand tourna la tête par hasard, et vit le malicieux Adolphe qui se tenait les côtes en riant. Le brave homme devenait furieux lorsqu'on riait; c'était là son faible : comme il ne pouvait guère entendre, il s'imaginait toujours qu'on se moquait de lui.

— Ah! mon truand, murmura-t-il, tu ris!... Attends-moi, je vais te faire rire d'une autre façon.

Il fouilla dans ses poches, l'une après l'autre, en tenant la main du railleur; mais il eut beau retourner ses poches, il ne trouva point la soupente. Il alla dans la classe, sans lâcher les doigts du patient; mais il chercha vainement dans les coins et recoins, sous les tables, dans ses tiroirs : la *patoche* avait disparu.

— On m'a volé mon meuble! grommela-t-il, en hochant la tête. Tu vas me le rendre, truand, ou je vais faire venir un crocheteur pour te fouetter! — Mais je vous jure bien que je ne l'ai pas, monsieur Morand! dit Adolphe, avec l'indignation de l'innocence; fouillez-moi plutôt de la tête aux pieds : je suis incapable de prendre une *patoche*.

M. Morand lui tira les oreilles, puis, après avoir sonné la cloche avant l'heure de rentrer en classe, il dit gravement à son troupeau : — Un scélérat se cache parmi vous! il a volé ma patoche, et si vous ne le dénoncez pas, vous serez au pain sec pendant quinze jours.

Un murmure général de mécontentement s'éleva parmi la gent écolière. C'était comme une ruche d'abeilles qui bourdonnent.

— Et vous serez patochés régulièrement trois fois par jour, continua-t-il, aux heures d'*Angelus*.

Mais les menaces du père Morand furent inutiles. On jura de tout souffrir, diète, retenue, férules, plutôt que de trahir Adolphe.

Le dîner des élèves ne fut, ce jour-là, que de la soupe et du pain sec à discrétion. Mais qu'on se figure, s'il est possible, la douleur et la consternation du père Morand, lorsqu'en sortant du réfectoire, il regarda, par hasard, dans la niche du chien, et vit Médor qui rongeait quelque chose de noir, comme un morceau de botte. Il reconnaît un fragment de sa patoche, et pousse un cri. Oui, c'est bien elle, sa vieille et bonne patoche, qui le fit respecter quinze ans!... Mais, hélas! ce n'est plus qu'un atroce mélange de bave et de cuir mâché. Il ramasse les débris, il espère un instant pouvoir les rajuster... « Impossible! » dit-il en soupirant. Alors il rentre dans la classe, le cœur plein d'amertume; il ne profère pas une syllabe, et tire de sa poche une serpette qu'il aiguise; puis, il se met à façonner un vieux pied de table en forme de patoche, avec une ardeur incroyable.

— C'est une férule qu'il fabrique là? dit Adolphe, en poussant Louis du coude. — Je ne sais pas, répond Louis; mais ça m'en a tout l'air.

Le père Morand taillait toujours et polissait le manche de sa férule : « Voilà déjà qu'elle prend une tournure, pensait-il; au moins, c'est du fameux bois de chêne qui ne se cassera pas. »

Au bout d'une heure à peu près, M. Morand s'admirait dans son œuvre, comme Pygmalion dans sa Galatée. Il se voyait propriétaire d'une nouvelle patoche, plus solide et plus commode à manier que la première. C'était un long manche arrondi, terminé par une palette ovale, large comme la main et plus épaisse, au milieu de laquelle il avait eu soin de laisser deux ou trois petits clous ressortants, qui se trouvaient là comme par hasard. Il se leva, brûlant d'essayer sa férule d'un nouveau genre, et prit très-gravement la main d'Adolphe.

— Je vais commencer par toi, mon truand! dit-il, en essuyant avec sa manche une roupie de tabac qui lui pendait au bout du nez; et puis, je ferai le tour. Soyez tranquilles, mes drôles, je n'oublierai personne. Nous allons voir si vous trouvez ma nouvelle patoche assez douce.

Et le sourd martela d'une façon terrible la main de son truand, qui beuglait comme un veau qu'on assomme. — Ta main! dit-il au voisin d'Adolphe; puis il battit la mesure, à coups redoublés, sur les ongles du pauvre diable. — Ta main! dit-il au suivant.

Alors, ce fut un concert de gémissements, où dominaient les claquements de la patoche. Le vieux bourreau ne s'arrêtait pas; il n'en pouvait plus, à force de frapper. Tout à coup une jeune fille, blonde et jolie comme une vierge de Raphaël, se précipita dans la classe, les larmes aux yeux.

— Grâce, mon père! grâce pour ces pauvres enfants! s'écria-t-elle, en joignant les mains.

C'était Clémentine, l'ange gardien des élèves. Elle avait entendu les cris des victimes, mêlés au bruit des férules, et l'excellente fille accourait pour fléchir son père.

— Voulez-vous bien vous en aller, mademoiselle? dit le pédagogue, tout haletant. Ne venez jamais me déranger, quand je travaille. Ta main, toi, petit vaurien! dit-il au protégé de Clémentine, à Louis. — Oh! mademoiselle! s'écria celui-ci d'une voix suppliante; j'ai des engelures.

Il oubliait, dans son épouvante, qu'on n'a des engelures qu'en hiver.

— Il a mal au doigt, mon père, dit Clémentine à l'oreille du sourd; grâce au moins pour lui. — Au fait, je suis un peu fatigué, répondit M. Morand. Tu vas me relayer : tiens, voici l'instrument; patoche d'importance ce petit drôle. — Oui, mon père, dit vivement Clémentine.

Elle fit un signe d'intelligence au blondin, et leva la férule : Louis, fort rassuré, tendit sa main. Clémentine frappait de toute sa force, non sur les doigts de son favori, mais sur le dos d'un dictionnaire latin; et, à chaque coup, le petit farceur poussait un cri terrible, en riant aux larmes.

— Assez! dit le père Morand; Clémentine, je suis content de toi.

Fort heureusement pour les condamnés, la fête du maître de pension ne tarda pas à venir. Les élèves se cotisèrent, et firent un cadeau superbe à M. Morand, qui déchira sa liste de *pensums*, et les exempta des patoches qu'ils avaient encore à recevoir.

Adolphe est aujourd'hui maître des requêtes, et Louis, le petit blond, est un des premiers chirurgiens de la capitale. Clémentine se nomme madame Robin; elle est mère de huit enfants. Quant à M. Morand, il est mort, et, jusqu'à son dernier jour, il a donné des patoches.

Jules Lacroix.

PAYSAGES NORMANDS

uand on suit les bords de la Seine depuis Jumièges, on voit le fleuve
s'élargir de plus en plus et former, à tous les angles de son cours, de vastes
anses qui s'étendent comme des golfes et remplissent tout l'horizon. Peu à
peu l'action des fortes marées devient plus sensible; elles mugissent déjà,
et se brisent en barres d'écume contre le pied des coteaux qui embrassent
le lit de la Seine. Sur les collines de la rive gauche, s'élèvent successive-
ment l'élégant château du Landin, le beau château de la Meilleraie, célèbre
par la magnificence de ses parcs et la variété de ses fabriques. On descend la
pente de la colline opposée, à travers les maisons des mariniers, et quelques
fermes éparses, entourées de jolis massifs d'arbres, ornement accoutumé des
délicieuses habitations du pays de Caux. Au-dessous de cette colline de la rive droite,
du côté de l'orient, se déploient, le long des eaux, les constructions pittoresques d'une
ville charmante, qui tire son origine d'une bourgade de pêcheurs, et qui, naguère encore,
s'enorgueillissait de porter dans ses armoiries trois éperlans d'argent sur un fond d'azur. Les premières maisons de Caudebec, celles dont se composent les rues qui aboutissent au port, sont
remarquables par leurs terrasses couvertes d'arbustes et de fleurs, et présentent l'aspect des villes
les plus agréables de l'Italie. Les habitants des péninsules, ou des rives pressées par les eaux
confluentes, aiment à grouper ainsi, dans l'espace étroit que la Nature leur permet de décorer, les
riches ornements des campagnes. Le vieux marin qui a choisi sa demeure sur le bord d'un fleuve,
non loin de son embouchure, pour voir passer les pavillons qu'il rencontra souvent sur les mers,
et pour les nommer à ses enfants, se plaît cependant à s'assurer tous les matins, quand les premiers rayons du jour traversent sa croisée et se brisent à travers le feuillage de ses rosiers et les
touffes de ses œillets, qu'il n'a plus quitté sa terre natale, et que son dernier port est à l'abri des
tempêtes.

L'église paroissiale de Caudebec est célèbre par un de ces mots de Henri IV, qui sont devenus
populaires dans le pays où il les a prononcés, et qu'une tradition, qui a pris le caractère d'un

culte, a transporté jusque dans l'histoire : « C'est ici, dit-il, la plus belle chapelle que j'aie encore veue. »

Cette église est, en effet, une des plus remarquables de France. La masse de l'église est d'un style riche et élégant ; et, comme il n'y a rien de plus varié que la richesse et l'élégance, dans cette architecture gothique, où le génie de l'artiste, maître de l'invention des sujets, de leur arrangement et de leur exécution, semblait disposer librement de toute la nature, on peut croire qu'aucune des *chapelles* que Henri IV avait visitées jusqu'alors ne devait l'emporter sur celle-ci. C'est, d'ailleurs, un des privilèges de l'architecture de ces âges ingénieux, que nous appelons barbares, d'être admirable partout et de n'être la même nulle part.

Cependant l'architecte n'a étalé dans aucune des parties de son ouvrage, avec plus de profusion, les trésors de l'imagination et du goût, que dans les ornements du grand portique. Il n'y a pas un des plus faibles détails de la sculpture qui l'enrichit, qui ne défie en exquise délicatesse le chef-d'œuvre d'un ciseleur habile, et dont le fini incomparable ne puisse supporter l'examen minutieux d'un œil exercé. Ce sont les richesses du travail le plus recherché prodiguées sur un colosse.

La tour, ou le clocher, a la forme singulière d'une pyramide entourée de couronnes successives, ou, pour s'exprimer plus exactement, celle d'une tiare, figure mystérieuse qui lui donne, au premier abord, l'aspect de certains minarets de l'Orient, et qui dut se présenter quelquefois à la pensée de l'artiste, dans ces temps si rapprochés des croisades et si pleins des souvenirs du Levant. La nef fut commencée en 1416, et le temple achevé, à ce que l'on croit, en 1484. Dans la balustrade d'une galerie extérieure qui règne autour de l'église, sur l'entablement, on a taillé une partie du *Salve Regina*, en caractères de trois pieds de haut, qui étaient anciennement dorés, et qui enveloppaient ce monument d'une ceinture resplendissante. Les saillies anguleuses et bizarres des lettres gothiques rappellent aussi quelque chose des hiéroglyphes de l'Égypte, et complètent l'harmonie de cette architecture étrangère. Un voyageur des bords du Nil, jeté sur ces parages, entre ce fleuve et cette pyramide, pourrait croire, un moment, que les hasards de la navigation l'ont ramené dans sa patrie.

Au delà du port et au bas des rochers qui bordent la Seine, l'œil s'arrête sur un petit bâtiment, trop simple pour distraire les loisirs des artistes, et surtout trop obscur pour occuper les veilles savantes des historiens. C'est l'ermitage de Notre-Dame de Barival, peu connu des voyageurs de la côte, peu fréquenté par les riches habitants des villes, mais cher au peuple errant des matelots, qui lui consacre de loin ses prières, qui lui rapporte de loin ses offrandes. C'est là qu'ils viennent invoquer Dieu, au départ ; qu'ils viennent le remercier, au retour, et que, fidèles à la promesse qu'ils ont faite dans le danger, ils suspendent le tableau du vœu, esquisse grossière, mais naïve, du péril dont la Providence les a sauvés. Ces peintures représentent le plus souvent les horreurs d'un naufrage : un frêle esquif, sans voile et sans mât, jeté au-dessus des vagues, et quelques hommes qui élèvent leurs bras vers le ciel, ou bien un monstre de l'Océan qui bat de sa queue démesurée et de ses fanons énormes une chaloupe aventurée au milieu des eaux. Souvent un marin prisonnier emploie les loisirs industrieux de sa captivité à figurer, avec des morceaux de bois ou d'écorce, et des fils extraits d'un vieux câble, le navire malheureux qui est devenu la conquête de l'ennemi. Plus habile (et plus favorisé par ses gardiens), il exécute quelquefois cette merveille en verre filé, mais il ne la cède à aucun prix, quand elle est son premier ouvrage, car il l'a dédié, dans son cœur, à Notre-Dame de Barival, et si jamais il revoit ses rivages, il l'attachera triomphant aux voûtes de la chapelle.

Nous entrâmes à l'ermitage de Notre-Dame de Barival, dans la soirée d'un beau dimanche. Son aspect si religieux et si doux nous rappelait alors cette autre *chapelle du rivage*, qu'un jeune poëte de nos contemporains (Edmond Géraud), qui est destiné à devenir classique dans l'élégie et dans la romance, dépeint avec les mêmes circonstances, à la même heure, au même instant, et comme s'il avait deviné jusqu'aux détails du site et aux accidents de la lumière :

> Quand, au déclin du jour, se présente à la vue
> Un large promontoire à la cime touffue,
> Dont les flots agités venaient battre les flancs....
> Du milieu des forêts qui dominaient la plage,
> Une croix montait vers les cieux,
> Et d'une humble chapelle élevée en ces lieux,
> Les rayons du soleil embrasaient le vitrage.

Sur les degrés de l'autel se pressaient une dizaine de matelots, divers de pays et d'habillements; les uns vêtus du costume chevaleresque de ces mariniers dieppois, qui se souviennent encore d'avoir été les auxiliaires de Henri IV; les autres, du froc léger des Basques ou du sayon sévère des Bretons. Ils priaient tous, et l'austérité de leurs figures graves et rembrunies ajoutait à la grâce d'un groupe de jeunes filles, qui se glissaient derrière eux, en jetant de loin des fleurs jusqu'aux pieds de la sainte image, car elles attendaient le retour d'un père, d'un frère ou d'un amant. Notre bonheur voulut que nous pussions observer, dans cette scène touchante, un épisode que les peintres et les poëtes nous auraient envié peut-être. Une des filles s'était élancée jusqu'à l'autel, et y avait déposé son bouquet et sa couronne. Je demandai pourquoi cette couronne et ces fleurs. Une femme très-âgée me répondit, d'un air étonné, parce qu'elle ne comprenait pas mon étonnement : « C'est pour remercier Notre-Dame de Recouvrance du retour de son futur, qui revient des grandes mers. »

Ch. Nodier.

L'ENFANT TROUVÉ

ᴇ savant polygraphe anglais, Samuel Johnson, et son ami l'antiquaire écossais Jacques Boswell, voyageaient ensemble dans les montagnes d'Écosse; ils observaient et décrivaient les sites, les productions naturelles, les monuments et les antiquités du pays, qu'ils parcouraient depuis un mois, avec l'intention de publier le journal de leur voyage pittoresque et archéologique. Souvent égarés, une journée entière, au milieu des bruyères, le son d'une cornemuse les conduisait, le soir, à la hutte d'un Mac-Grégor ou d'un Rob-Roy, berger ou chasseur, qui leur offrait l'hospitalité, un pot d'ale, un quartier d'agneau et un lit de paille : c'était un heureux hasard quand les deux amis rencontraient une méchante auberge où leur appétit, prodigieux comme leur érudition, n'était pas soumis à cette épreuve de sobriété.

Johnson, d'une taille gigantesque, s'avançait lentement, chevauchant un maigre bidet qui ployait sous lui; ses longues jambes, traînant jusqu'à terre, semblaient de loin appartenir au pauvre quadrupède et en faire un animal fantastique à six pattes; Boswell, montant un petit alezan écossais, devançait toujours son compagnon de voyage : aussi, dès qu'il apercevait la fumée d'une hôtellerie, il lançait son cheval au galop, et allait se préparer une halte confortable; Johnson le rejoignait bientôt, pour se mettre à table. Ils payaient bien et largement, ce qui est à remarquer chez des savants, lesquels ont d'ordinaire la tête pleine et la bourse vide.

Un jour, au sortir d'une vallée profonde où ils avaient passé tout le jour à déchiffrer des inscriptions runiques, sans prendre une nourriture plus solide, Boswell aperçut une espèce de cabaret; il avait faim et soif; il piqua des deux, pendant que Johnson lui criait : — N'oubliez pas le pudding !

L'hôte, vêtu du plaid national, et le poignard à la ceinture, vint tenir l'étrier, et aussitôt Boswell alla visiter le garde-manger, où était appendu un superbe gigot de mouton :

— Oh ! oh ! dit-il, en faisant claquer ses doigts, selon son habitude : voilà de la chair fraîche; vite, à la broche ! Un pudding, pour le docteur, et vous serez content de nous.

— Foi de Mac-Grégor! répondit le montagnard, notre fils soignera le mouton, et ma femme excelle à faire le pudding. Un chef de clan ne serait pas mieux servi que vous le serez chez nous, mon bon seigneur.

Boswell, ravi de sa bonne fortune, en fit part à Johnson, qui arrivait, humant l'odeur du rôti :

— Mon cher Samuel, lui dit-il avec joie, je viens de commander, dans cette auberge commode et propre, un délicieux gigot de mouton à la broche; j'espère que nous ferons un bon repas !

—- J'espère aussi, dit Johnson, que vous avez pensé au pudding?

— Vous aurez votre pudding favori, un morceau digne du *Songe d'été* de Shakspeare.

Johnson descendit de son bidet; l'animal, débarrassé du poids de ce géant, gagna l'étable, en soufflant. Boswell introduisit le docteur dans la maison, et courut s'enfermer avec ses livres, pendant que Johnson faisait sécher devant un feu clair ses habits, que la vapeur des montagnes avait rendus humides. A ses côtés, un petit garçon, à demi nu, le visage voilé de longs cheveux gras, était très-sérieusement occupé à surveiller le rôti, qu'il arrosait de jus, sans relâche. L'état sanitaire de la tête de l'enfant inspirait des inquiétudes au docteur, car, tandis que le marmot, penché sur le rôti, plongeait d'une main la cuiller dans la lèchefrite, son autre main était activement employée à giboyer dans les broussailles de sa chevelure inculte.

Johnson se leva furieux, avec un horrible mal de cœur; il avait résolu, quoique à regret, de ne point manger de mouton, ce jour-là.

On annonce le dîner : Boswell accourt, aiguisant ses dents les unes contre les autres, et s'écrie :

— Mon cher docteur, voici le mouton! Quel coup d'œil! Comme il est doré!

Johnson riait sous cape et faisait la grimace.

— Je vais, dit Boswell, découper, comme de coutume. Quel morceau vous choisirai-je?

— Mon cher ami, je ne mangerai pas de viande, reprit tristement Johnson.

— Est-ce donc jour de jeûne aujourd'hui? Vous raillez, docteur?

— N'en parlons plus; je prendrai ma revanche sur le pudding.

— Bon! je vous en abandonne ma part.

Boswell attaqua le rôti en ventre affamé, qui n'a pas d'yeux ni d'oreilles.

— Quel jus! quelle odeur divine! Comme il est gras, tendre et bien cuit! Vous devriez y goûter, et une tranche de cet excellent gigot vous raccommoderait avec tous les moutons du monde.

Johnson regardait, d'un air narquois, le fameux gigot, dont Boswell avait déjà englouti trois tranches dans son estomac à jeun. Boswell eut pitié de son compagnon de voyage, qui ne mangeait pas, et, pour lui faire prendre patience jusqu'à l'arrivée du pudding, il se mit à parler de choses et d'autres, la bouche pleine, en mêlant sans cesse à sa narration l'éloge du rôti.

— Je ne vous ai pas raconté, dit-il, un plaisant épisode de ma vie d'avocat. J'étais venu à Inverness... Eh! vraiment, nous n'en sommes pas loin! s'écria-t-il : c'est là que nous irons demain ramasser les traditions de la légende de Macbeth... J'étais donc venu à Inverness, pour plaider, et, avant l'audience, je me trouvais, avec les parties et leurs gens d'affaires, dans la salle du juge. On fit grand bruit à la porte, et plusieurs personnes entrèrent : elles apportaient un enfant nouveau-né, qu'on avait trouvé dans la rue : « M. Boswell, me dit le juge en riant, voilà une belle occasion d'adopter un enfant. — Un enfant! m'écriai-je : vous voulez donc mettre le diable dans ma maison? Oui-dà! qu'ai-je affaire d'un enfant, qui brouillerait mes papiers et gâterait mes livres? — Pour l'amour de Dieu, messieurs, reprit le juge, messieurs, adoptez ce pauvre orphelin, cela vous portera bonheur. — Attendez cinq minutes, milord, répliquai-je, et je vais lui donner un père adoptif. » C'était jour de marché à Inverness; je descendis sur la place; on fit cercle autour de moi : « Mes amis, dis-je à haute voix, lequel de vous veut avoir un enfant qui ne lui coûtera rien et qui lui portera bonheur? — J'ai bien besoin que quelqu'un me porte bonheur! répondit aussitôt un brave homme qui passait par là; je n'ai pas d'enfant, et il y a chez moi assez de croûtes de pain pour en nourrir un. Mais à quoi me servira ce marmot? — Quel métier faites-vous? interrompis-je. — Je suis aubergiste, à trois milles d'ici, repartit mon homme. — Aubergiste, m'écriai-je, c'est justement votre affaire; l'enfant tournera la broche. »

Johnson, se rappelant le petit bonhomme qu'il avait vu se gratter la tête au-dessus du gigot, éclata de rire à ce souvenir qui eût peut-être troublé l'appétit de Boswell.

— Pourquoi rire ainsi? lui demanda Boswell.

— Je vois avec plaisir, répondit Johnson, que dès ce temps-là vous songiez au gigot.

— Ce n'est pas tout, continua Boswell en coupant une nouvelle tranche de rôti. L'homme prit l'enfant, pour le donner à sa femme qui en aurait soin; puis, se ravisant tout à coup : « Vous m'avez dit, n'est-ce pas, murmura-t-il, que cet enfant me porterait bonheur? Est-il donc né coiffé? — Si ce n'est que cela qui vous tourmente, répliquai-je d'un ton solennel, nous allons le coiffer comme il faut. » J'ôtai mon bonnet d'avocat et le posai sur la tête de l'enfant. Tous les assistants applaudirent; mais, pendant que je tournais la tête, l'homme, l'enfant et le bonnet avaient disparu.

— Et vous n'avez eu depuis, demanda Johnson, nulles nouvelles de votre bonnet? Ce bonnet doit certainement avoir porté bonheur à l'enfant qui en fut coiffé.

Le mouton desservi, arriva le pudding tant désiré, qui avait la figure d'une calotte allongée.

— On dirait le moule d'un bonnet, s'écria Boswell.

— Diable! le fond vaut mieux que la forme, reprit Johnson.

Le docteur, s'épanouissant à cette vue, se jeta sur le pudding, et l'expédia presque tout entier en quelques bouchées, car c'était là tout son dîner.

Boswell dit à son partner, en se curant les dents : — Docteur, pendant que je mangeais ce délicieux mouton, vous aviez envie de rire; apprenez-moi ce qui excitait si fort votre hilarité?

Le docteur raconta alors en style homérique tout ce qui s'était passé dans la cuisine, pendant que le petit garçon se grattait la tête en arrosant le gigot. Boswell faillit s'évanouir de dégoût, et il soupira comme Orphée pleurant Eurydice; il se remit pourtant de cette vive et profonde émotion, et fit comparaître devant lui le sale marmiton, qu'il gourmanda de sa malpropreté. L'enfant se mit à pleurer, et le docteur recommençait à rire aux larmes.

— Petit crasseux, dit Boswell, quand tu arroses la viande, pourquoi ne gardes-tu pas le singulier bonnet que je t'ai vu sur la tête, ce matin?

— Je ne le pouvais pas, reprit timidement le petit pleureur.

— Non? Eh! pourquoi?

— Parce que ma mère adoptive faisait bouillir le pudding dedans, faute de moule.

Le docteur Johnson bondit de surprise et d'horreur, se redressant comme un serpent qui se sent blessé, et toucha le plafond avec sa perruque; il porta la main à sa poitrine, ouvrant une large bouche, la tordant convulsivement, et il parut lutter contre une horrible pensée qui allait chercher au fond de son estomac ce qui avait été cet affreux pudding.

— M. Boswell, cessez de rire, dit-il à son ami avec impatience, et, sous peine de me déplaire éternellement, ne proférez jamais un mot de cette abominable aventure, tant que vous vivrez!

— Mon cher docteur, reprit malignement Boswell, que vous en semble? Le pudding vaut le gigot. Hélas! ce serait à en mourir, si la chimie ne venait à notre aide. Par bonheur, le feu purifie tout.

L'enfant était toujours là, debout près de la table, et, comme il n'avait pas compris le sujet des reproches qui lui étaient adressés, relativement à l'absence de son bonnet, il se grattait la tête, des deux mains, avec délices.

— Il est incorrigible! s'écria Johnson, que le dégoût poursuivait comme les Euménides. Va-t'en, petit malheureux!

— Un moment! dit Boswell, frappé d'une idée soudaine. Tu n'es pas le fils de l'aubergiste et de sa femme?

— Je suis un pauvre enfant trouvé, répondit tristement le petit tourne-broche, en recommençant à pleurer à chaudes larmes. Le maître m'avait adopté, dans l'espoir de profiter de mon heureuse chance. Quand il n'a pas de voyageurs, quand on le paye mal, il s'en prend à moi et m'accable de mauvais traitements, en disant que je manque à nos conventions, et que je ne lui porte pas bonheur!.....

— Le bonnet! interrompit Boswell. Je veux voir le bonnet qui a servi de moule au pudding.

Ce bonnet fut enfin représenté aux deux convives: c'était une toque d'avocat, qui n'avait conservé rien de sa forme ni de sa couleur; elle avait sans doute servi plus d'une fois à la confection des puddings, comme l'attestait l'épaisse croûte de graisse qui l'enveloppait. Boswell fit appeler l'aubergiste, qui n'osait plus se montrer, et qui vint, tête baissée, entendre son arrêt.

— Tiens! lui dit magistralement l'avocat, en jetant sur la table une pièce d'argent: voici de quoi acheter un moule pour les puddings. Il y a huit ans, ajouta-t-il avec bonté, je t'ai annoncé que cet enfant trouvé te porterait bonheur, si tu consentais à l'adopter : eh bien, fais décrasser et peigner ce pauvre orphelin; ce soir, je l'emmène avec moi à Inverness, où je veux le mettre à l'école, car je le destine au barreau, puisqu'il a été coiffé, presque en naissant, du bonnet d'avocat. Je te donnerai, en mémoire de ce bonnet-là, un pourboire de cent guinées!

P. L. Jacob, bibliophile.

MARIE AUX YEUX BLEUS

os jeunes batelières nous débarquèrent à l'un des établissements de bains d'Arcachon. Je m'enfonçai bientôt dans la forêt; le jour y pénétrait à peine.

Je gravissais ces coteaux sans fin, qui donnent un aspect si romantique aux dunes; lorsque j'arrivais au sommet de chacun de ces monticules, je découvrais la mer argentée et verdâtre, je foulais du pied le coret des sables, les phalaris, la linaire à feuille de thym, l'épervière laineuse, le mélampire des prés, l'auréole odorante. A travers les branches de l'arbousier et du tamarin, je voyais le soleil couchant commencer à rougir la pointe du cap Féret; je ne savais plus comment me diriger; j'avais marché longtemps, mais souvent aussi j'étais revenu sur mes pas. Des coups de hache retentirent dans la forêt; j'allai de ce côté. Bientôt j'entendis une douce voix répéter les vers chantés par les batelières, et qui m'avaient frappé par leur harmonie. L'âme tout entière de celle qui les récitait alors semblait s'exhaler à la fin de chaque strophe.

Bientôt je découvris une jeune fille agenouillée; ses grands yeux bleus levés vers le ciel, elle paraissait prier ardemment, et de sa bouche vermeille s'échappait le nom d'Albert.

Elle avait déposé près d'elle son chapeau et sa hache. C'était une résinière. Absorbée par sa contemplation, elle ne m'entendit pas approcher. L'*Angelus* cessa de sonner à la chapelle d'Arcachon. Se relevant alors, elle continua à réciter des vers. Ma curiosité était à son comble : d'où provenait tant de savoir dans une paysanne des landes?

D'autres coups de hache résonnèrent près d'elle; je me laissai guider par eux. J'aperçus une chaumière, entourée d'un petit jardin cultivé avec soin : un treillage retenait la vigne devant les ouvertures de la maison. Près de cette dernière, je remarquai, chose assez rare, au milieu des pins, un chêne séculaire, entouré d'un banc de mousse; un vieillard y était assis. Je m'approchai, il me reçut de la façon la plus cordiale.

— Vous êtes égaré, monsieur? me dit-il. Ah! cela arrive souvent dans nos contrées. Reposez-vous, et je vous indiquerai votre route. — Merci, j'accepte volontiers, mon brave homme. Pourriez-vous me dire, ajoutai-je, quelle est cette jeune fille, dont les paroles mélodieuses ont frappé mon oreille?

A ces mots, la figure de mon hôte changea d'expression; il devint très-pâle; de grosses larmes coulèrent sur ses joues ridées, et, d'une voix tremblante, il s'écria : — Encore!... Monsieur, reprit-il, vous l'avez donc entendue?... Il y avait tant d'angoisse dans cette question, qu'involontairement je me sentis ému, et qu'un *oui* à peine intelligible sortit de mes lèvres.

— La malheureuse enfant! Lorsque l'*Angelus* sonne, elle ne peut plus se taire. Mon bon Jésus, sainte Marie, prenez pitié d'elle! dit l'infortuné, en se signant.

Louis XIV entouré de l'éclat de sa cour ne m'eût pas autant imposé que ce vieillard à cheveux blancs, gémissant sans murmurer, n'en appelant qu'à la miséricorde divine d'une douleur poignante que j'ignorais, et que je partageais cependant.

— Mon enfant, ma fille unique, le portrait de sa mère!... Que lui avait-elle fait, l'innocente créature du bon Dieu, pour qu'*il* lui fît tant de mal? Maudit soit le jour qui le vit naître! Maudit soit le flot qui l'apporta sur nos bords! — Calmez-vous, pauvre père, lui dis-je. Croyez-moi digne de votre confiance. Parler de ses peines est déjà un soulagement. — Ah! monsieur, j'aurais voulu cacher à l'univers entier l'infortune de ma fille : tout le pays la sait. Asseyez-vous, je vais vous dire ce qui pèse sur mon cœur.

Il se fit un moment de silence; un soupir s'exhala de la poitrine du vieillard. Il commença ainsi :

« — Il y a trois ans, à la Notre-Dame d'août, je m'en souviendrai toujours, le Seigneur dût-il m'accorder la vie éternelle; le soleil s'était levé brillant; la brise était d'est. Nous entendions, dans le lointain, les cris joyeux des habitants de nos contrées. Tous se rendaient à la chapelle d'Arcachon. La plage était émaillée de monde.

« Ma fille chérie, Marie aux yeux bleus, car, tel est son nom dans le canton, passant ses bras autour de mon cou, déposant un baiser sur mon front, me demanda si, cette année encore, elle resterait, sans accompagner à la fête les jeunes filles de son âge. Elle venait d'avoir dix-sept ans; jamais la pauvre enfant n'était sortie de notre enclos que pour aller au bois recueillir la résine.

« L'âme déchirée, monsieur, car le souvenir de mon excellente Marceline est gravé là, continua-t-il en mettant la main sur son cœur, et m'ôte le goût à toute distraction; je cédai au désir de cette enfant, qui ignore ce que sa naissance me coûta... A l'heure où elle poussa le premier cri, je n'avais plus de compagne, et, le soir, en revenant dans ma pauvre demeure, il n'y avait plus pour moi que solitude et regret! Une femme étrangère allaita mon enfant; à deux ans, on me la rendit; elle ne m'avait jamais quitté, jusqu'au jour où *il* est venu ici... Elle m'a trompé alors!...

« Enfin, Marie, tressant ses beaux cheveux blonds, acheva de s'habiller. Ah! monsieur, qu'elle était rayonnante! Que j'étais fier, en touchant la grève! Les pêcheurs, à l'envi, voulaient la prendre sur leur barque, pour la conduire à la chapelle; mais l'espiègle enfant, le teint animé par la joie, légère comme le poisson par un calme plat, comme une nacelle quand elle a vent et marée, approchait de chacune des barques, puis reculait, en suivant le mouvement capricieux de la lame écumeuse. Ah! je la vois encore!... Jean Gilbert nous héla :

« — Hé! hé! père Philibert, donnez-moi la préférence! cria-t-il, si fort, que Marie resta sans bouger, et l'attendit. Bientôt, elle fut dans l'embarcation. Un jeune homme, assis près d'elle, la contemplait attentivement; je causais avec les bateliers, sans trop le remarquer.

« Au moment où nous prîmes terre, l'inconnu donna la main à mon enfant. Pour la première

fois, un autre que son père guida ses pas! « Malheureux jour!» répéterai-je sans cesse. Elle gra-
vissait les dunes, bondissant comme un chevreau à la mamelle. A peine si son pied léger laissait
d'empreinte sur le sable mouvant; et, lui, là, sans cesse là, près de mon enfant!... Je les suivais
avec peine. Nous arrivâmes à la chapelle : il s'agenouilla près de Marie; tous les yeux se fixèrent
sur eux, tant ils étaient beaux! Ils semblaient faits à l'image de Dieu, monsieur. Comment croire
que sa figure de séraphin enveloppait une âme de démon!

« On dansa; il engagea mon enfant; et, lorsque la nuit eut assombri notre forêt, il l'accompagna
à ma demeure. Il nous dit alors adieu; mais je surpris un regard d'intelligence entre eux... Ils se
tenaient là, voyez-vous, monsieur; le firmament était parsemé d'étoiles; les rayons de la lune
tombaient sur leurs visages : ce regard, comment vous dire ce qu'il exprimait? Mon œil, terne
aujourd'hui, n'ose se lever sur vous, en parlant d'une si singulière expression; mais il me semble
que Marceline, bien du temps avant d'être ma femme (j'allais m'embarquer pour un long voyage,
c'était à la veillée, le jour de la Chandeleur), me regarda ainsi, en me disant : « Philibert, je t'aime
« pour la vie! » et me permit de déposer un baiser sur son cou d'ivoire.

« Ce regard, alors, je ne pouvais le concevoir, de mon enfant, si naïve, pour un étranger; mais
depuis... Hélas! malédiction sur cette heure fatale!

« Maintenant, monsieur, je vais vous répéter, mot à mot, ce que me dit ma fille, lorsque, quelques mois après, je m'aperçus que Marie maigrissait; que ses joues, si vermeilles, pâlissaient de
plus en plus; qu'elle demeurait pensive durant des heures entières, récitant des paroles que je ne
pouvais comprendre. Quelquefois je la surprenais renfermant dans un petit coffret, qu'elle
tenait de sa mère, des papiers et quelques menus objets, dont j'ignorais l'usage, et qu'elle semblait
vouloir dérober à mes regards. Après le souper, où elle mangeait à peine, lorsque je la bénissais,
la vue de sa paupière humide de larmes me serrait le cœur.

« Un soir, n'y tenant plus, je m'écriai :

« — Mon enfant, au nom de ta mère, au nom de ta sainte patronne, avoue-moi toute la vérité !

« Ici, monsieur, à genoux, la tête cachée entre mes mains tremblantes, elle commença le récit
que vous allez entendre :

« Il vous souvient, mon bon père, de la fête de Notre-Dame d'août, à laquelle, pour la première
« fois, vous m'avez permis d'assister; il vous souvient, n'est-ce pas, que, lorsque je montai dans
« la chaloupe de Jean Gilbert, un jeune homme s'y trouvait assis? Eh bien, mon père, c'est lui qui
« fait la joie de mon âme et le malheur de ma vie; c'est lui qui m'a appris à élever ma pensée
« vers le monde céleste; c'est lui qui m'a réveillée de l'assoupissement de l'esprit; c'est lui qui m'a
« fait sentir des douleurs dans les perceptions les plus intimes, de ces douleurs naissant du cri
« plaintif de l'oiseau, du murmure de la feuille sèche frôlée par la marche, du soleil couchant
« se perdant dans l'onde, de la lune éclairant ces sombres forêts, parce que, dans tous ces objets,
« c'est lui, toujours lui, que je crois entendre, que je crois voir!...

« Je souffre, mon père; mais, si l'on m'arrachait ma douleur, on m'enlèverait l'existence, car,
« avant lui, je ne souffrais pas, et j'aime tout ce qui me vient d'Albert.

« La folle joie de mes compagnes m'est indifférente : elles ne comprennent pas son langage divin ;
« car il ne parle pas comme les autres hommes. Mon père, lui, si beau, si sublime, il a bien
« voulu m'apprendre ce langage, ignoré sur la terre ; il est venu d'en haut, mon père, exprès
« pour me l'enseigner. Assis, le soir, sur le sommet des dunes, nous nous cachions à tous les
« regards ; sa douce voix me répétait des paroles si touchantes, qu'un ange seul, descendu des cieux,
« pouvait les prononcer. Il traça aussi, pour moi, des signes noirs sur le papier, je les appris par
« cœur, et bientôt je parlai comme lui. Souvent, le murmure des vagues, le bruissement du vent,
« le chant des bateliers, une fleur fanée par l'ardeur du soleil, le plus petit coquillage apporté des
« rives lointaines, m'inspiraient des phrases divines, que je récitais à Albert ; alors, il déposait sur
« mon front un baiser, comme vous, mon père, comme vous, mon bon père !...

« Le jour de Notre-Dame d'août, j'étais rieuse et folâtre. Il me suivit à la chapelle, il dansa avec
« moi ; fatigués, nous nous reposâmes un moment, loin de tout le monde. Le phare du cap Féret
« était éclairé, l'île aux Oiseaux apparaissait encore à l'horizon, comme une brume lointaine. Il
« tenait ma main dans sa main ; nous étions silencieux depuis un instant, lorsqu'il prononça les
« premières paroles divines, qui me firent reconnaître que c'était un ange.

« A son grand étonnement, mon père, et au mien, je répétai fidèlement ce qu'il avait dit.

« — Belle aux yeux bleus ! reprit-il, en se mettant à mes genoux : tu m'as compris, tu rends ma
« pensée mieux que moi-même... Tu me suivras !

« Je fus effrayée de l'expression de sa figure, dans ce moment.

« — Mais, mon père ? Le laisser sur cette terre ! Non ! non ! lui dis-je ; ma mère déjà l'a aban-
« donné, il y a bien longtemps.

« Un vif débat s'éleva entre nous.

« — Eh bien, continua-t-il, je resterai, mais promets-moi que je te verrai chaque jour... Tu vas
« travailler à la forêt, je t'y suivrai.

« Les jours, les mois se passèrent ainsi ; et vous, mon père, vous ignoriez que votre enfant
« chérie était initiée au langage divin ; je comptais bien vous l'apprendre, vous amener Albert :
« la bénédiction du ciel fût entrée dans notre chaumière avec lui ; mais Albert ne le voulait pas.

« — Ton père, disait-il, ne peut être instruit dans notre langage ; plus tard tu lui conteras tout.

« Et je partais, dès l'aube, parce que je devais le retrouver ; et je ne revenais qu'à la nuit, parce
« que je devais le quitter. Nous passions bien des heures à rêver, à nous regarder, à courir d'un
« coteau à un autre. Je craignais que vous ne pussiez concevoir quelque soupçon, et que le travail
« n'avançât pas ; Albert, armé d'une hache, m'aidait alors, et la résine semblait couler plus abon-
« damment, lorsque c'était lui qui faisait la blessure au pauvre arbre...

« Oh ! mon père, si vous entendiez notre langage, que de belles choses je vous répéterais, que,
« lui et moi, nous nous sommes dites sur ce simple coup de hache...

« Ah ! mon père, mon bon père, j'étais trop heureuse !

« Un matin, il vint me rejoindre. La rosée ne blanchissait plus l'herbe, je commençais à m'in-
« quiéter. Son visage était assombri ; sa belle chevelure noire, en désordre. Avant qu'il me parlât,

« je fus frappée d'un coup mortel, qui vous enlèvera votre enfant; je ne pouvais plus respirer, je
« tombai sans mouvement. En reprenant mes sens, j'étais dans les bras d'Albert.

« — Ange du ciel! m'écriai-je, tu m'avais promis de ne pas m'enlever dans ton séjour immortel,
« tant que mon père existerait. Pourquoi donc m'as-tu trompée?

« Je lui dis cela, mon père, dans notre langage. Il me fit respirer quelque chose de très-fort;
« mes yeux s'éclaircirent tout à fait : je vis la chapelle.

« — Merci, lui dis-je, je resterai ici encore, pour recevoir la bénédiction de mon vieux père. — Il
« me faut te quitter pendant quelques jours, mais je reviendrai bientôt! s'écria-t-il avec angoisse.

« Vous peindre mon désespoir, mon agonie, est au-dessus de mes forces. Pouvais-je supporter
« la pensée de l'éloignement d'Albert? Je passai ma journée dans les larmes.

« Lorsque l'*Angelus* sonna, je vis du haut de la dune monter Albert dans une barque. Vous
« vous rappelez, mon père, ce jour où l'orage gronda si fort, où vous étiez si inquiet de moi,
« lorsque vous me retrouvâtes mouillée par la pluie, et que je devins si malade?

« Dans un accès de délire, je parlai, sans le vouloir, le langage d'Albert, devant cette dame qui
« m'apportait des secours; elle me questionna là-dessus; je persistai à me taire. Mais jugez de
« mon saisissement, lorsque, une fois remise de cette fièvre ardente, assise à cette même place où
« je vais tous les jours à l'heure de l'*Angelus*, j'entendis chanter les paroles divines que je pronon-
« çais, peu de moments avant de quitter Albert.

« Le crépuscule me dérobait tous les objets, mon cœur bondissait hors de ma poitrine, je
« croyais l'entendre!... Tout rentra dans le silence; un nuage m'apparut, la lune s'en échappait; je
« me dis qu'il était là, qu'il me répétait mes paroles, pour m'adresser un dernier adieu.

« Ah! mon père, il a fait naufrage, avant de dépouiller sa forme terrestre; autrement, il serait re-
« venu!... Je n'irai le rejoindre que lorsque j'aurai retrouvé la vague qui amène son âme sur la côte.

« Vous savez, mon père, que, tant que les naufragés n'ont point été reconnus par celle qui leur
« fut chère, dans la vague écumante, on les voit traîner leur long linceul blanc, jusqu'à ce
« que leur bien-aimée ait fait le signe de la croix sur cette vague et dit la prière des morts.

« Je ne l'ai pas encore retrouvé, mon père, car je n'ai pas vu s'élever vers le ciel la trombe d'eau
« qui annonce que Dieu, touché, a rappelé l'âme dans le séjour immortel. La mer rejette ce qui
« est impur; et celui qui est trépassé sans prière ne peut y demeurer enseveli en repos.

« Voilà, mon père, l'histoire de votre enfant. »

Ici se termina le récit du vieillard. Profondément ému, je serrai la main calleuse du résinier.
« A demain, » lui dis-je. Nous entendions les pas de la jeune fille, et le malheureux père m'avait
dit qu'elle fuyait tous les étrangers. Je redescendis à la maison des bains, et je me demandai :
« Est-ce un bonheur d'être poëte?» La résinière se croyait heureuse avant de parler le langage divin.

Marquise de la GRANGE,
Née CAUMONT-LAFORCE.

ARRESTATION D'UN VENDÉEN

ᴇs *Bleus* poursuivaient, dans le Bocage, les débris d'une bande de chouans. Au milieu de la nuit, un jeune paysan vendéen, le visage noir de poudre, les cheveux en désordre, les vêtements en lambeaux, regagnait avec précaution, par des chemins détournés, la chaumière de sa famille. On l'y attendait dans les transes. Son père paralytique, sa mère presque aveugle, sa femme et son fils n'avaient pas cessé de prier et de pleurer depuis la veille.

— Tenez, dit-il en leur présentant un petit enfant qu'il portait dans ses bras, voici tout ce qui reste de la maison de nos bons seigneurs. Le château a été pris et pillé; ceux qui le défendaient ont péri. Le comte, en mourant, m'a recommandé son fils, et j'ai eu le bonheur de le sauver.

Tout à coup, on entend au dehors résonner des crosses de fusil, une voix impérieuse répète à à plusieurs reprises : Au nom de la République, ouvrez!

Le Vendéen hésite; son premier mouvement est de saisir une serpe, pour vendre chèrement sa vie; puis, changeant de projet à l'instant, il remet l'enfant à sa vieille mère et embrasse sa femme, en lui montrant cet enfant qu'il lui confie.

Il va lui-même ouvrir la porte et se laisse arrêter par deux soldats qui s'emparent de lui, tandis que sa femme se précipite, les bras étendus, pour empêcher qu'on ne l'entraîne.

— Vous cherchez un chouan? dit-il aux soldats, avec calme, je vous le livre. Adieu, mes braves gens! ajoute t-il en s'adressant à sa famille qu'il feint de ne pas connaître. Pardonnez-moi de vous avoir mis dans la peine. Le bon Dieu veillera sur vous et sur vos deux enfants.

A. H.

LA MOISSON

Les épis ont jauni; l'été poursuit son cours.
« Bonjour, épis! » leur dit le soleil tous les jours,
Depuis bientôt deux mois. « Mûrissez, pour me plaire. »
Et chaque épi, flatté du bonjour du soleil,
De plus bas en plus bas courbe son front vermeil,
Pour saluer ce roi brillant, mais populaire.

Allez, ô moissonneurs! Allez, il en est temps;
Fauchez les blés, liez les gerbes dans les champs :
Travaillez... Il faut bien qu'il vive, ce vieux monde!
La terre, qui nourrit les Grecs et les Troyens,
A des moissons encor pour les Parisiens;
Car la vieille nourrice a la tête encor blonde.

On va donc vous faucher, pauvres épis!... Pourtant,
Vous étiez sveltes, beaux, et si gais par instant,
Qu'au moindre vent d'été, qui venait en cadence
Jouer son petit air, comme un ménétrier,
Et vous dire : « Dansez, balancez, » par millier,
Comme de jeunes fous, vous vous mettiez en danse.

Mais la charité veut, quand on porte le grain,
Qu'on sache le donner, pour l'amour du prochain.
Socrate, Bossuet, sage, prêtre, poëte,
N'ont pas fait autre chose, entendez-vous, épis,
Que de laisser tomber, pour nourrir les esprits,
Ce qu'ils pouvaient avoir de bon grain dans la tête.

Mais, juste Dieu! Voici les batteurs du canton,
Qui vous frappent sur l'aire, à grands coups de bâton!
Et le fléau n'est pas le zéphir qui caresse!...
Ce monde est une grange, où l'on a votre sort,
Où le faible et le bon sont frappés par le fort :
Les vertus sont des blés qui sont battus sans cesse.

On vous porte au moulin, où l'on vide le sac...
La meunière, mêlant ses propos au tic-tac,
Médit de la fermière, et le moulin, comme elle,
Va son train. Elle dit des noirceurs; le moulin
Fait la blanche farine, et, sans caquet malin,
Nous prépare le pain, tout en tournant son aile.

Mais la meule vous broie, et voilà ce bon grain,
Tout innocent qu'il est, roué comme Mandrin.
O pauvre blé! toujours pris dans un nouveau piége!
Du courage!... Au moulin, vous deviendrez meilleur;
Après avoir subi l'épreuve du malheur,
Vous allez en sortir aussi blanc que la neige.

Ciel! on vous jette au four, on vous brûle!... et voilà
Que vous ressuscitez! Vous vous transformez là
En pain quotidien, que le chrétien fidèle
Demande chaque jour à Dieu. Pour ce bon pain,
Chacun fit son travail, homme, soleil, moulin :
Chacun y mit sa main, son rayon ou son aile.

Le boulanger, du pain, n'est pas l'unique auteur :
Il eut le laboureur pour collaborateur.
Tout nous vient des épis, que Dieu dore et fait vivre
Avec de beaux rayons, d'un luxe sans pareil :
Il coûta, voyez-vous, beaucoup d'or au soleil,
Ce pain, que l'homme achète avec un peu de cuivre.

Anaïs Ségalas.

LA BARRIÈRE

ᴀɴꜱ le comté de Pembrock, deux gentilshommes campagnards, tous deux d'ancienne souche galloise, sir Helst et sir Kurst, vivaient sur leurs terres, l'un à côté de l'autre, comme s'ils eussent été séparés par un bras de mer : non-seulement ils ne voisinaient pas, mais encore ils s'évitaient avec autant de soin qu'ils s'étaient cherchés naguère. Depuis dix ans, ils ne s'étaient pas vus en face, une seule fois, quoique leurs propriétés respectives ne fussent divisées que par la route qu'ils ne prenaient jamais, dans la crainte de se rencontrer.

Ils avaient pourtant été liés intimement, chassant ensemble, buvant ensemble, menant ensemble bonne et joyeuse vie; mais, un jour, une brouille était survenue, qui les avait faits ennemis, ou plutôt sir Helst, dont le caractère fier et quinteux se cabrait souvent comme un cheval rétif, avait tout à coup déclaré à sir Kurst qu'il ne le reverrait et ne lui pardonnerait jamais. Sir Kurst avait l'humeur aussi bénigne et placide que celle de son voisin était fantasque et acariâtre; il ignorait même le motif de cette brouille, et il ne l'avait acceptée qu'à contre-cœur. Toutes les tentatives de réconciliation, qu'il avait faites directement et indirectement, n'avaient servi qu'à lui prouver que son ancien ami lui gardait une haine implacable.

Sir Kurst possédait une fortune énorme, dont il ne dépensait pas le revenu; il n'était point avare, mais il ne savait pas comment employer son argent. Sir Helst, au contraire, qui avait longtemps dépensé au delà de ses moyens, était obéré de dettes, et quoiqu'il eût conservé tout son patrimoine, il en tirait à peine de quoi faire patienter ses créanciers; mais il cachait soigneusement ses embarras pécuniaires et se renfermait, pour ainsi dire, dans sa misère orgueilleuse.

— Quoi! vous ne connaissez pas la cause du ressentiment de sir Helst contre vous? dit, à sir Kurst, un de ses voisins, qu'il avait à souper après une partie de chasse. La voici : Sir Helst (il y a de cela dix ans) était fort en peine pour payer un de ses créanciers, et j'en parle à bon escient, puisque ce créancier c'était moi; je lui réclamais 10,000 livres sterling que mon père avait prêtées à son père, et, je vous l'avouerai, je l'avais cité en justice, à l'occasion de cette dette...

— Oh! s'écria sir Kurst avec colère : qu'aviez-vous à craindre? Sir Helst est le plus honnête des hommes, et il vous eût payé...

— Il ne m'a pas encore payé, reprit le narrateur, mais il m'a donné caution sur ses biens, que nous allons vendre.

— Vendre ses biens ! interrompit sir Kurst : Cela ne sera pas, et c'est moi qui payerai pour mon compère.

— Bon ! dit le chasseur, enchanté de la tournure que prenait l'entretien. Mais, depuis dix ans, les 10,000 livres sterling en ont fait 30,000 ?

— Qu'importe ! repartit sir Kurst. Je paye, mais vous m'apprendrez pourquoi sir Helst s'est brouillé avec moi ?

— Sir Helst était donc fort tourmenté, à propos des 10,000 livres sterling, continua le créancier. Ce jour-là, on vous apporta, en sa présence, vos fermages et d'autres redevances, 20 ou 25,000 livres sterling en bon or; vous avez pris l'argent, sans compter, et vous l'avez jeté dans un coffre, en disant : *Requiescat in pace.* Puis, vous vous êtes tourné vers sir Helst, en ajoutant : « Si je savais quelque gueux honnête homme, je l'inviterais à puiser à pleines mains dans ce tombeau, mais malheureusement la conscience d'un gueux est une gibecière de voleur. »

— En effet, j'ai dit quelque drôlerie semblable, sans y entendre malice.

— Eh bien, sir Helst a cru que vous aviez l'intention de l'injurier : il voulait vous appeler en duel; il avait déjà préparé ses armes et choisi ses témoins, mais l'orgueil l'empêcha d'avouer que vous l'aviez appelé *gueux...*

— Est-il possible ! s'exclama sir Kurst, chagrin de la peine qu'il avait faite, le plus innocemment du monde, à son voisin de campagne. Tout s'expliquera, Dieu merci ! et j'irai m'excuser auprès de sir Helst, en lui déclarant, sur l'honneur, que je n'eus jamais la pensée de lui faire injure.

Sir Kurst paya, au nom de sir Helst, les 30,000 livres sterling qui ne devaient être remboursées que sur la vente des terres de ce pauvre gentilhomme; puis, il congédia assez fraîchement le créancier, qu'il accusait d'avidité et d'usure, après lui avoir fait signer quittance et décharge de la dette de sir Helst.

Son premier mouvement fut d'aller, en personne, porter ce billet à sir Helst, en lui demandant pardon de l'avoir offensé par mégarde. Il avait à cœur de se réconcilier avec son ancien ami. Ce fût dans cette intention qu'il monta aussitôt à cheval et qu'il se dirigea vers le cottage de son voisin.

On y arrivait par une longue allée de vieux ormes; cette allée qui serpentait à travers les prairies, s'ouvrait sur la route : une barrière rustique en fermait l'entrée. Trois enfants, en haillons, jouaient auprès de cette barrière : ils l'ouvrirent, en voyant s'approcher un cavalier, qui semblait vouloir pénétrer dans le domaine de sir Helst.

— Votre Grâce, dit l'aîné de ces enfants, désire-t-elle visiter la propriété à vendre ? Les bois, les champs, les étangs, les prés, les garennes...

— Si la propriété est à vendre, reprit sir Kurst, j'amène avec moi l'acquéreur.

En parlant ainsi, il lisait une longue affiche judiciaire, énumérant les conditions de cette vente qui devait se faire le lendemain aux enchères, sur la mise à prix de 35,000 livres sterling, outre les charges. Sir Kurst pensa qu'il ne devait pas attendre au lendemain, pour arrêter la vente, et qu'il ferait bien de courir sur-le-champ à la ville, afin de mettre les choses en règle. Il renvoya donc au jour suivant la visite amicale qu'il avait le projet de faire à sir Helst et il tourna bride, en laissant les enfants refermer la barrière qu'ils avaient ouverte pour lui.

Il ne revint de la ville que fort tard, car il n'y était arrivé qu'à six heures du soir, et il avait eu besoin de conférer avec les gens de loi, à l'effet de s'opposer à la vente annoncée pour le lendemain. Il était content de lui, et, pour la première fois de sa vie, il s'apercevait que l'argent n'était pas tant à mépriser.

On lui remit une lettre à son adresse, apportée en son absence; elle était ainsi conçue :

« Sir Kurst, vous êtes venu, sans doute, pour insulter à mon malheur; vous avez osé violer ma propriété, en y pénétrant, malgré moi. Sachez que cette propriété m'appartient encore, puisqu'elle ne doit être vendue que demain. Je vous accuse donc du plus lâche et du plus odieux procédé, et je vous en demande raison.

« Demain, à six heures du matin, trouvez-vous avec vos témoins et vos armes, au carrefour de la route qui sépare ma propriété de la vôtre.   « Sir Helst. »

— Il est fou! pensa sir Kurst. C'est le chagrin qui lui a fait perdre la tête. Je ne comprends rien à cette lettre, ni à la provocation qu'elle contient. Tout s'éclaircira demain, sur le terrain, et nous nous embrasserons, avant d'aller boire à l'oubli de cette ridicule querelle.

Sir Kurst ne prit avec lui ni armes, ni témoins, pour se rendre dès le point du jour, au carrefour de la route. Sir Helst l'y attendait, accompagné de quatre gentilshommes du voisinage, avec des épées et des pistolets. Sir Kurst ne remarqua pas sans tristesse que sir Helst avait bien vieilli depuis dix ans, et qu'il portait sur son visage la trace de ses tourments et de ses ennuis. Il allait à lui, en souriant, quand sir Helst, lui lançant un regard plein de haine, l'arrêta tout court, par ces mots prononcés avec fureur :

— Eh bien! oui, ma propriété doit être vendue aujourd'hui, et cependant, je ne suis pas un de ces gueux qui ont la conscience aussi large que la gibecière d'un voleur... C'est vous qui êtes sans doute de la famille de ces gueux-là, vous qui violez le domicile du prochain, vous qui vous introduisez à la dérobée dans le domaine d'autrui!...

— Qu'est-ce à dire? s'écria sir Kurst, étourdi, ému, étonné de ces outrages, qu'il ne comprenait pas. Vous êtes fou! mon ami...

— Votre ami! moi! reprit avec rage sir Helst. Vous m'insultez encore! Non, non! vous n'êtes pas un gentilhomme, vous qui pénétrez comme un malfaiteur sur mes terres...

— J'ai pénétré sur vos terres? interrompit sir Kurst, en haussant les épaules. Je vous jure que je m'en suis tenu à distance, avec une réserve scrupuleuse, toutes les fois que la chasse...

— Il s'agit bien de chasse, vraiment! répliqua brusquement sir Helst. Voyons, choisissez : l'épée ou le pistolet?...

— Pour Dieu! est-ce à moi que vous en avez? Ne me reconnaissez-vous pas? Je suis sir Kurst; il y a dix ans que nous ne nous sommes vus...

— Et nous nous voyons, je l'espère, pour la dernière fois ici-bas. Eh bien! l'épée ou le pistolet?

— Mais, enfin, me direz-vous quel grief vous avez contre moi? M'expliquerez-vous pourquoi vous m'accusez d'avoir fait invasion sur vos terres?...

— Hier, vers cinq heures du soir, dit sir Helst avec solennité, vous êtes venu, à cheval, sur la terre qui m'appartient encore?...

— Non, répondit sir Kurst; j'avais, il est vrai, l'intention d'aller vous trouver chez vous, mais, au moment de passer la barrière, j'ai changé d'avis, d'autant plus qu'il me restait à peine deux heures de jour, et que...

— Vous vous êtes approché de la barrière, qu'on vous a ouverte; vous avez lu l'affiche de vente, vous avez ri, et vous étiez alors dans ma propriété, sur ma terre, où j'aurais pu vous tuer, comme un chien...

— C'en est trop! s'écria sir Kurst, dont la patience était à bout. Je le vois, vous me cherchez querelle en aveugle, vous voulez en venir à ce duel que vous souhaitez depuis dix ans... Me direz-vous, seulement, ce que vous entendez par la violation de votre terre? Je vous jure encore une fois que je n'ai pas mis le pied chez vous...

— Il était cinq heures du soir; vous aviez le soleil derrière vous; ainsi, votre ombre et celle de votre cheval sont entrées chez moi, sans ma permission, contre ma volonté...

Sir Kurst eut pitié de la folie de sir Helst; il la mit sur le compte des chagrins que ce gentilhomme avait éprouvés depuis dix ans. Il s'accusait aussi d'en être cause, puisque non-seulement il n'avait pas eu l'idée de venir en aide à un ami malheureux, mais encore parce qu'il l'avait cruellement blessé avec une parole à double tranchant.

Les témoins s'étaient avancés, lui avaient mis un pistolet dans la main, et l'avaient placé à vingt-cinq pas de son adversaire, sans qu'il cherchât à se soustraire à la position qu'on le forçait de prendre malgré lui. Il se disait, dans son for intérieur, que c'était là ce duel que sir Helst avait voulu provoquer dix ans auparavant; il se disait aussi, qu'il devait, à certains égards, une réparation à sir Helst, qu'il avait outragé, sans le savoir.

Pendant qu'il repassait dans son esprit toutes ces réflexions et tous ces souvenirs, sir Helst avait ajusté son pistolet : le coup partit, et la balle passa au-dessus de la tête de sir Kurst, qui se mit à rire aux éclats, à l'idée bizarre qui lui traversait l'esprit.

En ce moment, le soleil levant frappait obliquement sur sir Helst, dont l'ombre se projetait à dix pas en arrière, et se dessinait au pied d'un arbre. Sir Kurst visa cet arbre, et dit tranquillement aux témoins, avant de presser la détente :

— Messieurs, sir Helst a cherché querelle à mon ombre; c'est à son ombre que je m'en prends, à mon tour, pour terminer cette étrange affaire d'honneur.

En achevant ces mots, il envoya une balle dans le tronc de l'arbre, sur lequel se reflétait l'ombre de sir Helst. Puis, jetant son pistolet, il courut à son adversaire, les bras ouverts :

— Mon ami! lui dit-il, en lui présentant la quittance de sa dette de 30,000 livres sterling : comment n'avez-vous pas compris que ma bourse était à votre service? Je vous demande pardon de vous avoir laissé, pendant dix ans, vous débattre contre vos créanciers. Pouviez-vous rester pauvre, quand vous me saviez riche? On ne vendra pas votre propriété, et je vous prie de ne m'en plus fermer la porte.....

— Il me semble que vous y serez chez vous, puisque vous l'avez achetée! reprit sir Helst, honteux d'avoir si mal reconnu la générosité de son ami. Je ne me pardonnerai jamais d'avoir failli vous casser la tête...

— Vous n'en vouliez pourtant qu'à mon ombre!... Tenez, sir Helst, ajouta-t-il en l'embrassant avec effusion, je vous livre le meilleur et le plus dévoué de vos amis, mais ne lâchez plus la proie pour l'ombre!

P.-L. Jacob, bibliophile.

LE ZOUAVE

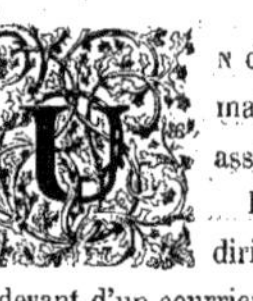 N des premiers jours de mars 1855, la canonnade s'était tue, à six heures du matin, sous les murs de Sébastopol. Il y avait trêve entre les assiégés et les assiégeants, jusqu'à midi, pour enterrer les morts.

Le grand-duc Michel était sorti, à cheval, avec un aide de camp, en se dirigeant, à travers les ravins, du côté de la route de Simphéropol : il allait au-devant d'un courrier, qu'il attendait depuis deux jours avec une fiévreuse impatience. Ce courrier devait lui apporter des nouvelles de son auguste père l'empereur Nicolas, malade à Saint-Pétersbourg.

Le grand-duc portait sur son uniforme, comme tous les officiers russes, une capote de drap gris, doublée de fourrure, avec une casquette de cuir bouilli; sans épaulettes, sans décorations, sans aucun insigne militaire qui le distinguât des simples soldats. Mais sa belle et noble figure, son air martial et fier, sa tournure élégante et distinguée l'auraient fait reconnaître entre mille, pour un jeune homme de grande naissance, sinon pour le fils d'un empereur.

Les deux cavaliers faisaient trotter leurs montures, côte à côte, gardant le silence le plus absolu et promenant leurs regards autour d'eux, comme pour se tenir en garde contre un ennemi caché, car les environs de la ville assiégée étaient sans cesse infestés de soldats errants qui allaient à la maraude, en cherchant du bois pour les feux du bivouac. Ce jour-là, aucun être humain n'apparaissait, au milieu de cette vaste solitude ; on ne remarquait nulle empreinte de pas sur la neige durcie.

Ils étaient, il est vrai, à plus de deux lieues de Sébastopol. Tout à coup ils aperçurent, devant eux, à une portée de fusil, un zouave français qui débusquait d'un chemin creux et qui, en les voyant venir, s'était arrêté en tirant son sabre, pour se mettre en défense. Le grand-duc avait mis la main sur ses pistolets, mais il ne jugea pas nécessaire de s'en servir contre un homme qui pour toute arme n'avait qu'un sabre de fantassin; aussi bien, cet homme ne paraissait pas résolu à l'attaquer. C'était presque un enfant, d'ailleurs, comme l'annonçaient sa petite taille, son apparence grêle et son visage imberbe.

Le grand-duc prit son mouchoir, l'agita en l'air et s'avança vers le zouave, que ce signal pacifique n'avait pas encore décidé à remettre sa lame dans le fourreau. Le grand-duc lui cria de loin : *Trêve jusqu'à midi!* ce que comprit mieux le zouave, qui ne songea plus à faire usage de son arme, et qui laissa les deux cavaliers s'approcher de lui, sans faire mine d'en venir aux hostilités. Le jeune homme avait reconnu des officiers russes.

—Que voulez-vous de moi? leur demanda-t-il d'une voix émue.—Avez-vous rencontré un courrier? lui dit le prince d'un ton poli, mais impérieux. — Un courrier! répéta le zouave. Quel courrier? — Un courrier qui vient de Simphéropol, reprit le grand-duc, oubliant que c'était à un ennemi qu'il s'adressait; un courrier de Saint-Pétersbourg. — Saint-Pétersbourg? répliqua le zouave; je ne connais pas. Mais le courrier que vous cherchez est-il mort ou vivant? Il y en a un là-bas, qui est mort. — Mort! s'écria le prince, troublé et indécis. Serait-ce vous qui l'auriez tué? — Oh! non! ce n'est pas moi, mais c'est mon père.—Votre père? — Oui, monsieur, ils se sont battus comme deux enragés, ils se sont criblés de blessures, et l'un n'a guère survécu à l'autre, bon Dieu!

Le grand-duc s'était empressé de mettre pied à terre, en priant son aide de camp de garder son cheval, et il avait abordé le petit zouave, pour obtenir de lui des explications plus catégoriques. Il vit alors avec surprise que ce jeune soldat portait deux sabres et deux baïonnettes, deux gibernes et deux gourdes suspendues à son cou.

— Je veux savoir la vérité, lui dit-il avec l'accent de l'autorité militaire. Qui êtes-vous? D'où venez-vous?—Monsieur, vous n'êtes pas mon officier! répondit le zouave, sans arrogance ni bravade, avec une fermeté calme et digne. Je pourrais me dispenser de satisfaire à vos questions; mais je n'ai pas de raisons, non plus, pour vous cacher l'affaire, d'autant plus que mon pauvre père en a eu l'honneur. Voici. Mon père était caporal au 3e zouaves, et j'ose dire que c'était le meilleur zouave de l'armée; il s'en est allé, avant-hier soir, en promenade, pour voir s'il trouverait quelque chose à se mettre sous la dent, car, vous savez, nous n'avons pas au camp double ration. Il n'est pas revenu, la nuit, ni le lendemain matin : il devait être de tranchée hier, et il n'a pas paru. Tout le monde, qui le connaît, a dit qu'il était tué ou prisonnier. J'ai voulu en avoir le cœur net. Le capitaine m'a donné une permission, pour y aller voir, et j'ai tant battu les champs, que j'ai fini par le retrouver. Il n'était pas mort, mais il n'en valait guère mieux; il avait une balle dans le ventre, sans compter un bras cassé et une main abattue; près de lui gisait son adversaire, qu'il avait tué à coups de sabre et de baïonnette... — Le courrier, que nous attendions depuis deux jours? interrompit le grand-duc, avec anxiété. — Oui; mon père m'a dit que c'était un courrier de l'empereur de Russie. — Un courrier de l'empereur! reprit le prince, qui semblait se parler à lui-même.—Mon pauvre diable de père! reprit le fils, dont les larmes commencèrent à couler : il était couché sur la neige, depuis douze heures; il avait les membres gelés, et il n'aurait pas vécu jusque-là, si le froid n'avait arrêté le sang de ses blessures. Je vis tout de suite qu'il était perdu; il le voyait bien aussi, mais il fut si joyeux de pouvoir me dire adieu et me donner sa bénédiction!... Je l'ai ranimé un peu, en lui faisant boire de l'eau-de-vie goutte à goutte; j'ai bandé ses plaies comme j'ai pu, avec des lambeaux de ma chemise, et je me suis efforcé de le porter sur mes épaules, quoiqu'il me priât, quoiqu'il m'ordonnât de n'en rien faire et de le laisser mourir à l'en-

droit où il était tombé, en perdant tout son sang. Enfin, il est mort cette nuit, et je suis resté auprès
de son corps, pour le protéger contre les loups. Si j'avais pu seulement l'enterrer! Mais je n'avais
que ma baïonnette et la sienne pour creuser la terre, qui est dure comme du granit. Il fallait bien
se décider : j'ai pris sa baïonnette, son sabre, sa giberne, sa gourde et sa croix d'honneur... car
mon père, monsieur, avait été décoré sur le champ de bataille à Inkermann... et je retourne au
camp, pour revenir ici avec des camarades, qui emporteront le corps, si les loups ne l'ont pas
dévoré... — Et ce courrier, qui est mort à la suite de cette lutte furieuse?... demanda le grand-duc.
Voulez-vous me conduire ? — Vous n'y pensez pas, monsieur, il y a deux heures de marche pour
rentrer au camp, et il faudra revenir ici avant la nuit. Je n'ai donc pas une minute à perdre. Si ce
courrier était votre père ou votre fils, je ne dis pas... — J'ai besoin de voir ce courrier, de le reconnaître, de retrouver les dépêches qu'il apportait... — Une grande lettre avec un cachet noir? Elle
est là, dans ma giberne!...— Donnez, au nom du ciel, donnez-moi cette lettre! je vous en conjure!...
— Un moment! répliqua le zouave, qui tenait la lettre, mais qui hésitait à la livrer. Mon père m'a
fait promettre de l'envoyer à son adresse, à quelqu'un qui doit être à Sébastopol. C'est une promesse qu'il a faite lui-même à ce courrier, qui est mort avant lui, et qui était surtout en peine de
cette lettre... — Mon ami, ne me laissez pas ainsi dans l'attente! Cette lettre doit m'annoncer que
l'empereur est hors de danger, ou bien, hélas! que je n'ai plus de père.

Subjugué par cette éloquente prière, le jeune homme remit cette lettre dans les mains du prince,
qui en brisa le cachet et qui parcourut d'un œil hagard le contenu de la dépêche : il poussa un
long soupir, leva les yeux au ciel et fit un signe de croix. Puis, il retourna, d'un pas précipité, vers
son aide de camp et remonta sur son cheval.

— L'empereur est mort! murmura-t-il. Que Dieu reçoive son âme glorieuse et protége notre
chère patrie !

Il allait tourner bride, quand un souvenir de reconnaissance le retint encore une minute : il tira
de sa poche une bourse pleine d'or et la jeta au zouave qui demeurait immobile et interdit.

— Mon enfant, hâtez-vous de retourner à votre camp, lui dit-il avec bonté, car la trève expire
à midi. Rappelez-vous le grand-duc Michel, qui ne vous oubliera pas. En attendant, je me charge
de faire inhumer honorablement votre père, qui est mort en brave et qui a droit au respect de tous
ses frères d'armes.

Une heure avant que la trève fût expirée, les batteries des forts de Sébastopol et celles de la
marine tirèrent simultanément une salve de 300 coups de canon, et les cloches de toutes les églises
de la ville sonnèrent à la fois en signe de deuil. On apprit, dans le camp des assiégeants, que
l'empereur Nicolas était mort le 25 février, à Saint-Pétersbourg.

On voit encore, à huit lieues de Sébastopol, près de la route de Simphéropol, un monument
funéraire qu'on appelle le Tombeau du Zouave.

Comte APRAXINE.

TABLE DES MATIÈRES

Paris. — Imprimerie de P.-A. Bourdier et Cⁱᵉ, rue des Poitevins, 6.

C. F. EIZENBERG PINX.   JOHN COUSEN SCULP.

MAZEPPA

LA CHANTEUSE DE BALLADES.

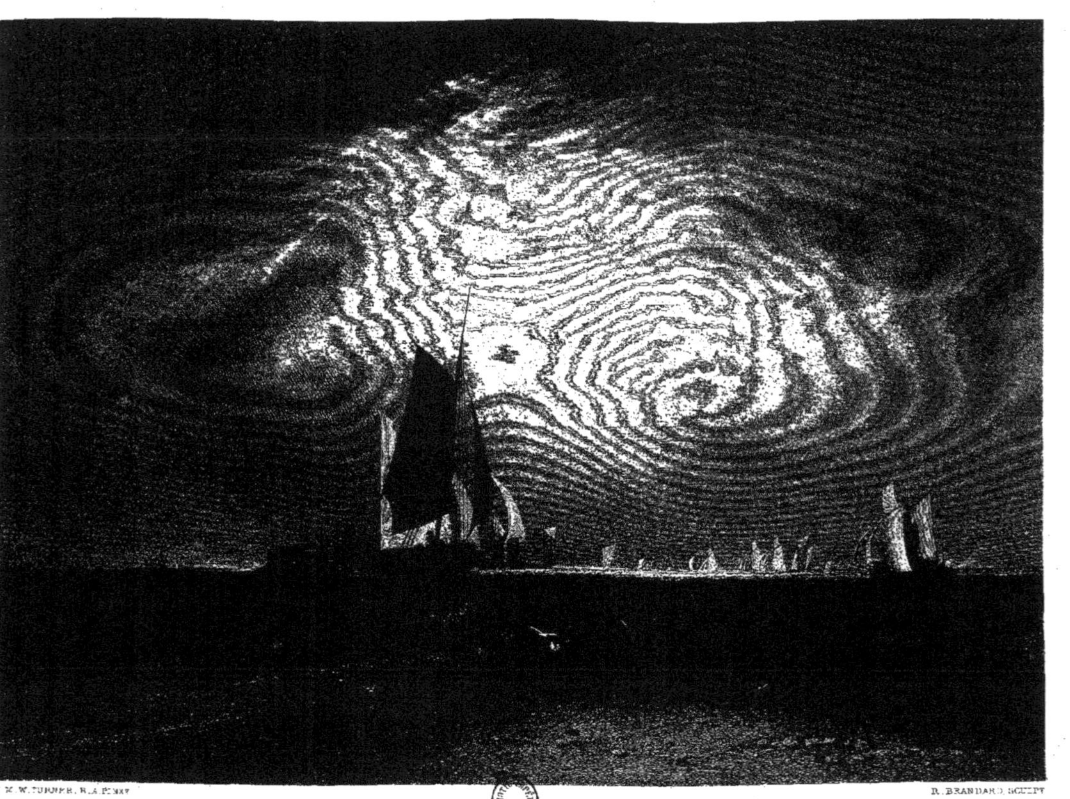

LA FIANCÉE DU PÊCHEUR.

XV JULES RENOUARD PARIS

J. M. W. TURNER R.A. PINXT   R. WALLIS SCULPT

LE LAC DE LUCERNE.

Vve ET LES RENOUARD, PARIS

BARON WAPPERS PINX.
P. T. DESVACHEZ, SCULP.

L'AUBERGE.

L'ARGOLIDE.

UNE JOURNÉE CHAMPÊTRE.

E. GOODALL, A.R.A. PINXT

E. GOODALL SCULPT

LE VIEUX CONTEUR

VVE JULES RENOUARD, PARIS

LES BORDS DU FLEUVE

VE JULES RENOUARD PARIS

LA LECTURE DU SOIR.

J.M.W. TURNER, R.A. PINXT   J.T. WILLMORE, SCULPT

CHILDE HAROLD EN ITALIE

Vve JULES RENOUARD, PARIS

C. R. LESLIE, R. A. PINXT   C. SHARPE, SCULPT

LE BOURGEOIS GENTILHOMME.

Vve JULES RENOUARD, PARIS.

LA VALLON

LA CELLULE.

W. H. KNIGHT PINX?   H. LEMON SCULP?

UN DÉMON.

J. M. W. TURNER. R.A PINX.T

A. WILLMORE. SCULP.T

EN NORMANDIE

L' ENFANT TROUVÉ.

MARIE AUX YEUX BLEUS.

F. GOODALL, A.R.A. PINXT.   E. GOODALL, SCULPT.

EN VENDÉE

LA PETITE GLANEUSE

LA BARRÈRE.

VE JULES RENOUARD, PARIS

P.W. TOPHAM, PINX^T
C.W. SHARPE, SCULP^T
LE ZOUAVE
V^VE JULES RENOUARD PARIS

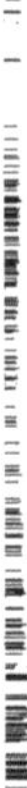

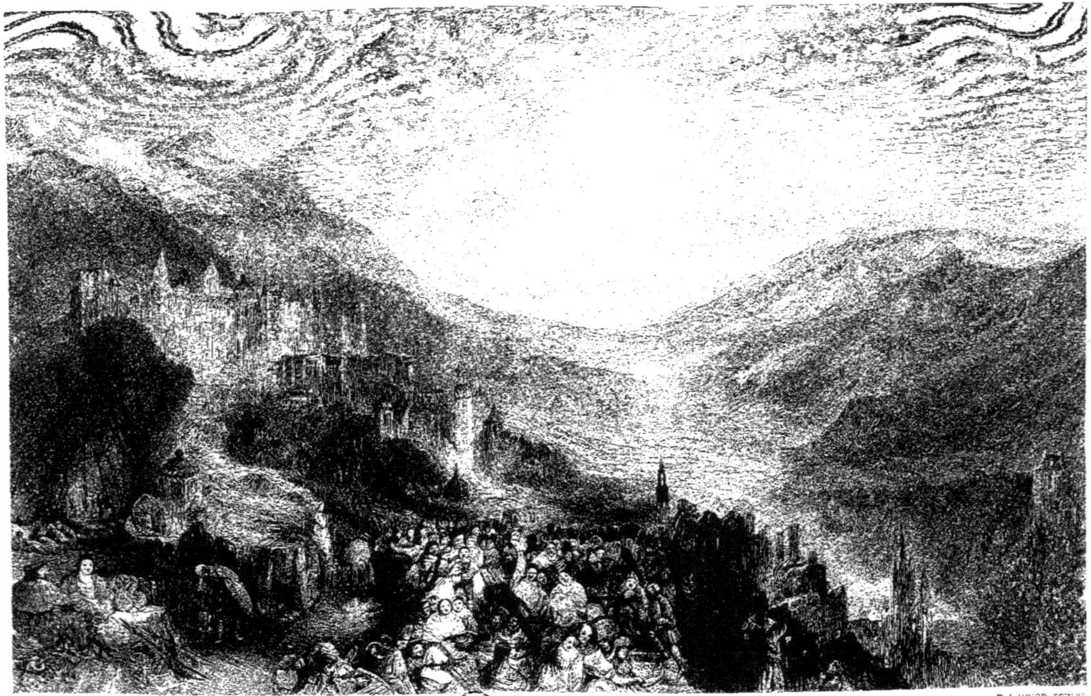

J. M. W. TURNER, R.A. PINXT — T. A. PRIOR SCULPT

LE SOLEIL LEVANT

VVE JULES RENOUARD, PARIS